C'EST LA FAUTE AU BONHEUR

Arlette Fortin

C'EST LA FAUTE AU BONHEUR

roman

www.quebecloisirs.com

UNE ÉDITION DU CLUB QUÉBEC LOISIRS INC.
© Avec l'autorisation de VLB Éditeur
© 2001, VLB Éditeur et Arlette Fortin
Dépôt légal — Bibliothèque nationale du Québec, 2002
ISBN 2-89430-515-X
(publié précédemment sous ISBN 2-89005-793-3)

Imprimé au Canada

Et qu'il est curieux que ce soient eux, nos premiers songes, comme des éclaireurs des choses à
venir, qui viennent, à l'âge de notre ignorance de
nous-mêmes, nous en apprendre plus sur nous
que rien d'autre ne nous en apprendra jamais.

GABRIELLE ROY,
La Détresse et l'Enchantement

Chapitre premier

Il est parti, Momo. Il a claqué la porte. Il a dit :
« Du bonheur comme ça, moi, j'en veux pas. J'aimais
mieux quand on était malheureux. » Puis il a ajouté :
« Déniaise si tu peux encore, Mylène. » La porte s'est
refermée. J'ai entendu ses pas dans l'escalier, puis plus
rien. Pierre ne sait pas. Il dort. Momo nous a quittés
dans l'espoir de nous rendre tristes, mais ses manèges
n'ont pas d'emprise sur le bonheur. Aucune. Du moins,
pas pour l'instant.

Il règne une euphorie totale ici. Et ce n'est pas ma
faute. Je le jure. Ça dure depuis trois jours. J'ignore si
ça peut continuer à ce rythme-là, c'est presque fou. Le
bonheur m'habite de la plante des pieds jusqu'à la
racine des cheveux. Le plus curieux est que je n'y comprends rien. C'est pour ça que j'écris tout dans mon
cahier. Tout.

Momo ne peut pas supporter le bonheur. Il en a
peur et ne sait pas quoi faire avec. Quand le bonheur
nous envahit, j'imagine que c'est pire si on est grand.
Du moins plus long à venir. Pauvre Momo ! Il doit faire
dans les six pieds et quelques poussières. Pierre et moi,
on a au moins la chance d'être courts sur pattes. Enfin,

je crois que ça nous rend la tâche plus facile. C'est comme les pleurs. J'imagine que ça déboule sur plus long quand on est un grand six pieds et plus. Une fois, j'ai assisté aux débâcles de Momo et ça m'a donné la chienne. Je dois dire que je n'ai pas inventé la bravoure. De toute façon, les guerres en sont pleines et je n'en vois pas l'avantage. J'aime Momo, j'aime le chocolat. J'aime Pierre aussi. J'aime papa, j'aime maman, j'aime la logique, j'aime la folie et j'aime mon grand frère. J'aime tout. Tout.

C'est difficile à vivre, l'amour, quand ça vous prend subitement. Si difficile. Je vais manger une orange. La bonne idée ! Quelle douceur, la peau d'une orange. Incroyable. Je rêve de parvenir un jour à l'avaler ronde, dans sa pelure, comme si je mangeais la lune. Mourir dans la lune me comblerait. Mais pour l'instant la peur d'étouffer m'en empêche. C'est épouvantable d'être heureux. Épouvantable. Heureusement que je n'ai pas mis l'orange au frigo, je pourrais avoir très froid alors que j'ai juste un peu tiède. Comme tout est magnifique ! Tellement magnifique. Les poils de mes bras se retroussent comme des branches d'arbre. Avec le soleil qui leur chauffe la couenne, je me sens une forêt vivante. Et ma respiration. Qu'en dire ? Elle va à grands coups comme si l'amour glissait dans son souffle. Je ne me reconnais plus. Je n'avais pas prévu ce bonheur. Je le jure. Je le jure sur la tête du malheur que j'avais appris à aimer.

Je danse. J'habite l'espace. Mes pas sont légers. Je tourne. Je virevolte. Oui. Me rendre jusqu'à notre chambre et me laisser tomber sur Pierre pour qu'il s'éveille en sursaut. Pour qu'il m'engueule. N'importe quoi pour en finir avec ce bonheur. Dommage que Momo n'assiste pas au spectacle.

Momo, Pierre et moi, on vit ensemble depuis un an. On se chante l'œuf pour ne pas se chanter la pomme. Adam et Ève, merci pour nous. Trop de pépins dans l'histoire. On préfère la basse-cour. Deux coqs et une poule, ça nous oblige à inventer des choses qui nous ressemblent et on aime mieux ça. Ensemble, on fait souvent cocorico.

Tout a commencé quand maman et papa nous ont rendu visite il y a trois jours. Avant, maman critiquait notre triangle et nous la critiquions. Momo disait que ces habitudes facilitaient nos échanges. Mais ce jour-là, voilà qu'elle s'amène et ne dit rien. Absolument rien. J'attendais. J'attendais l'attaque qui ne venait pas et les secondes me semblaient des heures. Elle me regardait comme si j'étais la huitième merveille du monde. La tendresse lui roulait dans les yeux et les critiques ne venaient plus. J'ai fini par lui reprocher son regard insistant et elle m'a répondu qu'elle me regardait précisément parce qu'elle était venue me voir. Maman aime la logique et papa aime maman. Maman et papa avaient le bonheur bien flanqué au cœur ce jour-là. Un bonheur contagieux. Un bonheur qui donne envie de mordre dans tout ce qui bouge. Pierre et moi, on a attrapé le virus, au grand désespoir de Momo qui, lui, l'a combattu. La douceur dans les yeux de maman et de papa me troublait tant que j'en fondais littéralement. Depuis, Pierre m'appelle sa belle fondue au chocolat.

Notre tricouple est né de nos tristesses. Nous étions trois désabusés et, comme nous nous aimons, nous considérions le malheur comme indispensable à notre vie.

Nous éprouvions même un attachement très profond pour lui. Quand l'amour s'en nourrit, on finit par l'aimer. Par s'y accrocher. C'est comme ça qu'on vivait, nous trois. Tous les êtres humains ont des habitudes qui les détruisent, mais pour rien au monde ils ne voudraient les perdre. On ne fait pas exception à la règle. C'est Momo qui m'a fait comprendre ça. On a besoin de nos tristesses, de nos guerres et de nos esclavages.

Je sais maintenant qu'il est vrai de dire qu'on ne fait pas d'omelette sans casser des œufs. Tellement vrai. Parce que le bonheur a brisé des choses dans notre vie. Par exemple, Pierre se comportait bizarrement quand il a attrapé le bonheur. Il n'en avait pas l'habitude et ne savait pas comment agir. Moi non plus d'ailleurs. Son sourire béat et son regard vide avaient quelque chose de troublant. J'ai un peu peur de la béatitude, mais j'ai besoin d'avoir peur pour rester lâche. N'empêche que Pierre aurait pu effacer son sourire quand il nous a annoncé que plus jamais il ne se sauverait comme nous le faisions depuis des mois. Je crois que Momo aimait cette vie qui était nôtre. On louait un appartement, on payait le premier mois, on laissait traîner le loyer du deuxième, et le troisième on disparaissait comme des voleurs durant la nuit. On choisissait des propriétaires fourbes et on leur faisait la leçon. J'avoue que tout ça m'a toujours excitée. La peur de se faire prendre, ça met du piquant dans l'existence. Et aussi, fait non négligeable, c'est très excitant après… pour le cocorico. Mais il me faut oublier ces merveilleux moments. Les plus beaux de notre histoire à trois. Je comprends Momo d'être parti. Cette révélation lui a donné un coup. Momo aurait voulu que je parte avec lui. Comme si je pouvais choisir ! « Désolée, que j'ai dit. Désolée. Je ne suis pas du genre à décider. » Et c'est vrai. Je préfère me laisser influencer. Comme ça, je ne porte pas la responsabilité de mon malheur ni celle de mon bonheur. C'est plus facile après de piquer des colères en accusant les autres. De plus, quand on aime le trouble comme je l'aime, on ne fait pas semblant qu'on n'en veut pas. Je l'ai dit. Je suis lâche, mais j'ai au moins la franchise de me l'avouer et le courage de répondre à mes besoins. Je ne comprends toujours pas comment Pierre en est venu à ce besoin pressant d'honnêteté. Je l'aimais tellement quand il volait. Il le faisait avec des intentions louables et le souci de la morale était notre code d'éthique. Pierre était un peu mon Robin des bois version moderne. Il a le don de l'innocence. Même dans le bonheur, et ça, c'est troublant. Quand il ne dort pas, il m'observe, tantôt sourire, tantôt larmes. Avec lui, plus je suis heureuse, plus ça m'émeut. Cette émotion me rend la vie insupportable.

Oui. Il me faut une chicane et je l'aurai. Me rendre jusqu'à notre chambre et me jeter sur Pierre de toutes mes forces pour qu'il m'engueule. Dommage. Dommage que je doive faire sans Momo. Il est si attachant, Momo. Et il serait si fier de moi. Je tourne. Je virevolte. J'habite mes pas. Je n'ouvre même pas la porte de la chambre. Quelque chose me dit que, cette fois, je pourrai passer à travers. Stop. Le bonheur a ses limites. Ma tête frappe la porte. Je me secoue. Ça soulage d'avoir mal. J'espère que j'en récolterai une bosse. Je ne devais pas être heureuse aujourd'hui. Ce n'était pas prévu. Je reprends mon souffle. Mes pas. Je tourne la poignée. Ouvre la porte. M'approche du lit. Me laisse tomber de tout mon poids sur Pierre. Il ouvre péniblement les yeux. M'observe. Les referme. Gémit. Me dit qu'il se sent faible. Je crie. Je prends mes jambes à mon cou et cours chercher une débarbouillette. Ma peur qu'il perde connaissance s'efface au profit de ma joie d'étrenner ma débarbouillette. Maudit bonheur ! J'applique la compresse froide sur son visage, la descends sur son cou, sa poitrine. Il revient. Sa voix molle dit que c'est froid. Il rit. Pierre et moi, on a toujours aimé jouer avec le feu. J'avais oublié. Adieu l'engueulade. Je décroche ma boucle d'oreille. Je pique la pointe dans son nombril. C'est beau. De l'or sur son ventre. Il rit parce que ça fait mal un peu. Il dit que c'est bon de souffrir de nouveau. Qu'on ira mieux demain ou peut-être plus tard quand on retrouvera notre malheur.

— Pierre, tu es pierre, et je répands l'or du soleil dans ton nombril. Plouc. Je pique. Plouc.

— Merci crisse, merci.

— Qu'est-ce qu'on va devenir, Pierre ?

— J'sais pas.

— Ferme encore les yeux. Je vais te faire la grafigne.

Je prends ma boucle. Descends la tige sur ses cuisses. Cache ma boucle dans sa pilosité. Joue à la retrouver. La perds encore. Ma langue. Juste ma langue pour explorer. Et par je ne sais quelle maladresse, je lui effleure le genou, juste ce qu'il ne faut pas pour la chatouille. Le bonheur lui vient souvent par les genoux. Il me prend dans ses bras. Si j'étais aussi belle que ses yeux le disent, j'aurais ma photo en première page de tous les magazines du monde entier. Faudrait que je passe à la bibliothèque. *Camus Lapeste* saurait me replacer un peu dans le sens du monde. Ça me ferait un bien fou. Je ferais tout pour que cesse ce bonheur, tout. Mais il me caresse si bien. Il a du velours sur les doigts. Il a, il a des plaines dans le regard. Des raisins dans le cou et j'ai la bouche pleine de raisins. Même pas de noyaux dans ses raisins. Même pas. Ça y est. Je pleure. Enfin ! Il était temps.

— Pierre, c'est pour quand le malheur, dis ?

— Bientôt, ma belle fondue au chocolat. Bientôt, j'espère.

Il se lève. Mon cœur cogne. À cause de ses pieds qui sont trop beaux. Il met ses bas. Enfile son pantalon vert, son col roulé et attache ses chaussures. C'est vraiment fou d'être ainsi heureuse. Vraiment fou ! J'aime. J'aime jusqu'au bruit des lacets qui retombent sur le cuir de ses souliers quand il marche. J'aime tellement trop.

— Mylène, on va s'en sortir, tu vas voir. Je vais aller voler quelque chose. Peut-être que je vais me faire prendre. Toi, tu seras triste et moi, je serai malheureux.

— C'est gentil. Merci. Au moins, je serai inquiète. Va voler des santons pour notre arbre. Il en manque.

Il fait les cent pas. Quand il tourne ainsi en rond, c'est pour faire lever sa colère. Que j'ai hâte ! Une injustice à dénoncer et vlan ! La colère. Et l'injustice, lui, ça le révolte. Je le connais. Je sais qu'il pense aux enfants pauvres. Tantôt, je sais, tantôt il se mettra à sauter sur place, à hurler, et ça deviendra merveilleux. Les voisins frapperont comme des abrutis sur les murs pour qu'on arrête le vacarme. On va leur crier de se fermer la gueule, d'aller chier. Le Proprio va s'en mêler. Et j'aurai droit aussi à ma part de colère. Je me retrouverai enfin. Mais non… Pierre se calme. Il reprend son sourire avec juste ce qu'il faut de tristesse dans le regard pour m'attendrir.

— Mylène, je ne veux plus voler. Des santons, ce n'est pas une nécessité. Momo et moi, on volait juste par nécessité. Il faut que tu saches ça de nous. Non. On va trouver une autre idée, tu vas voir.

Il parle. Pierre parle. Met les mains dans ses poches. Respire à fond comme s'il enracinait ses résolutions sur le prélart usé. On dirait un arbre. Je prends deux santons, les accroche à ses oreilles. Il sourit. En prend deux aussi et les met sur les miennes. Et là, le fou rire ! Un grand fou rire de bonheur. La radio qui s'en mêle. Qui joue un slow des années soixante. Le slow préféré de papa et maman. *Les Portes du pénitencier.* De quoi troubler encore. On danse, ma tête sur sa poitrine, ses mains sur mes fesses, mes mains sur ses reins. Sa bouche sur mon cou. Ses lèvres à la recherche des miennes. Les miennes affamées, gloutonnes.

Les slows, moi, ça me fait brailler. Autant avec Pierre qu'avec Momo. Je suis braillarde. Il me dépose comme un paquet précieux sur le divan défoncé. Il m'emballe et me déballe, me met des choux partout. Ses bras m'enrubannent. Et j'entends sa pluie de *je t'aime* couler sur mon cou. Je vérifie. Je vérifie beaucoup. Enfin, mon insécurité ! Je suis si contente. J'en ai tant besoin pour me sentir vivante.

— Tu m'aimes ?
— Oui.
— Tu m'aimes ?
— Oui.
— Tu m'aimes ?
— Oui.

Ses doigts pianotent sur mon ventre. C'est doux. C'est chaud et je m'endors longtemps, calmement, dans la triste certitude que Momo ne rentrera pas ce soir. Un regain de tristesse envoûtant. Un vrai.

~

J'ai cru que la nuit avait duré dix ans tant les cheveux blancs de Pierre au petit matin m'ont surprise. Il s'est penché, m'a embrassée, et ça sentait le sucre en poudre. Je n'ai pas relevé ce détail insignifiant. Pourquoi un type comme Pierre se met du sucre en poudre dans les cheveux ? Comme s'il avait besoin d'ajouter un soupçon de quelque chose à son originalité. Il souriait, me disait que j'avais l'air bien. Je n'ai pas répondu. J'ai questionné, questionné. Je cherchais le trouble.

— Et toi, Pierre, comment tu vas ce matin ?

— Bien.

— Ah, mon Dieu ! C'est épouvantable.

— Je sais… On s'en sortira, Mylène, tu verras.

— Qu'est-ce qu'on va faire ?

— J'sais pas. D'habitude, les idées, c'est Momo qui les trouve. J'ai peur qu'il nous ait quittés.

— Où tu crois qu'il est ?

— J'sais pas.

Le voilà qui se lève tout de go comme si une idée mirobolante le propulsait droit debout sur ses deux jambes sans même les déplier. Ça va barder, je le sens. Il s'empare du bottin téléphonique. Ouvre l'armoire et saisit un rouleau de papier-toilette. Se bande les yeux. Pige vingt noms au hasard dans le bottin, déroule du papier-toilette, et j'inscris les numéros de téléphone des vingt heureux élus. On aime bien faire plaisir aux gens qu'on ne connaît pas. On leur téléphone parce qu'ils nous reçoivent toujours mieux que ceux que l'on connaît.

La joie. La sienne, la mienne mêlée aux parfums de lavande et de sucre en poudre. « Vingt. Il en faut vingt, qu'il dit, parce que le chiffre vingt me porte malheur. » Et moi, je téléphone à tous ces inconnus. Je leur explique notre malaise. Leur dis le trouble du bonheur. Et ça pleure à l'autre bout du fil. Et ça coupe. Et ça engueule. Et ça rit à l'autre bout du fil comme si les voix se gargarisaient. Et là, le comble ! Momo. Le grand efflanqué de Momo en chair et en os dans le chambranle de la porte. Momo et ses idées géniales. On lui saute au cou. Il a trouvé l'activité pour nous remettre un peu de plomb dans la cervelle. Il nous tend un journal ouvert à la page nécrologique. Cinq sorties aujourd'hui. Il a encerclé tous les morts qui ont une gueule sympathique. Quelle journée ! Inoubliable. Inexprimable. On les a tous visités. Tous. On a pleuré tout notre soûl avec les familles. On a menti. On a triché. On a volé des sandwiches, des tas de sandwiches, pour ensuite les porter aux clochards de la basse ville. « Tout sert dans la vie. Tout. Même le chagrin des autres nous aide à retrouver le nôtre quand on l'a perdu. La basse-cour, ce n'est pas que chez nous, que disait Momo. C'est dans le système, c'est dans la vie et même dans la mort. » Pierre et moi, on l'approuvait d'un signe de la tête. La parole était à lui. On l'approuvait parce que c'est bête de voir des gens pleurer leurs morts en se chicanant pour l'héritage. Et on a vu ça. On a même vu un enfant se faire disputer parce qu'il avait ignoré le chien de sa tante riche. Un beau chien avec des belles boucles jaunes, une médaille en or pur et une chaîne de toute beauté. Cette tante-là, on a entendu quelqu'un dire qu'elle allait mourir bientôt.

Après, on a bouffé une pizza dans un restaurant. Un très chic trou du quartier Saint-Sauveur. Je tremblais, tremblais. Parce que j'ai peur des gangs, des motards, des fusils et des bombes. Pierre n'avait plus ce sourire béat qui rendait fou notre bonheur. Momo traçait des ronds sur ma rotule gauche. Il fait toujours ça quand j'ai peur. Il dessine la lune sur mes genoux, parfois le gauche, parfois le droit, tout dépend du quartier où l'on se trouve. Quand il fait des ronds côté gauche, je sais que j'ai raison d'avoir peur. Mais on connaît le moment propice. On n'a pas besoin de parler. On se regarde, on se lève et on se sauve. On ne vole pas les gens pauvres et honnêtes. C'est notre règle. C'est pourquoi on a laissé un pourboire à la serveuse. Une pièce de vingt-cinq cents. C'est tout ce qu'on avait. On ne donne pas ce que l'on n'a pas. Ç'a été notre dernier vol. Après, on s'est rangés.

Notre histoire vaut ce qu'elle vaut. On était jeunes et la vie nous faisait mal. On n'est pas beaucoup plus vieux et la vie nous fait à peine un peu moins mal. On conteste à notre façon. Le système, nous, on le maudissait. On en refusait même le meilleur pour ne pas nous sentir coupables d'être nés du bon bord de la rue. Les guerres, les injustices et les abus de pouvoir, ça nous chamboule encore, mais un jour il faut cesser d'avoir mal à l'univers. Il faut vivre sa vie en se disant que le Rwanda et tout le reste, on n'y peut rien.

Pierre et moi, on a compris ça en même temps. On a conclu que la folie était la solution à l'histoire. Sinon, l'histoire ne se répéterait pas aussi bêtement. La bêtise, c'est inutile et bas. Et la plupart des gens qui ont le pouvoir de recréer l'histoire ont peur de la folie. Ils préfèrent être bêtes. On s'est dit ça en même temps, comme si on s'était pratiqués. On s'est dit ça sans savoir qu'on dirait ça. C'était pendant la visite étrange de papa et maman. Comme si l'instant tournait notre décor pour nous plonger dans le bonheur. J'ignorais que ces choses pouvaient arriver. Le jour où on a compris ça, on n'a plus su comment agir. Il nous fallait rompre avec nos habitudes et on a tous eu peur, chacun à notre façon. On vit tellement mieux avec les peurs que l'on connaît. On était fous, on l'est encore et on le restera jusqu'à la fin. Et ça, c'est important. Parce qu'à nos yeux la folie n'est rien d'autre que l'ordinaire.

N'empêche que le bonheur a failli nous faire perdre la tête. Mais les choses ont fini par se tasser. Ça fait maintenant huit mois qu'on habite au même endroit. On ne vole plus et le système ne s'en porte pas mieux : il y a encore des enfants qui partent le ventre vide pour l'école. Encore des pauvres qui vont le rester parce que le système aime ses pauvres. Si j'étais savante, je pourrais sortir de grands mots pour décrire le système. On le connaît. On l'étudie de A à Z. À cause de Bébé qui naîtra dans un mois. Il aura deux pères et ça nous rend vraiment fiers. Momo réfléchit beaucoup. Il travaille fort pour trouver du travail. Il dit qu'un jour il va travailler pour vrai. En attendant, il fabrique des ponts avec des cure-dents et de la Crazy Glue parce qu'il aime le nom de cette colle. Il les fixe ensuite sur une planche de bois et les vend au bord de la rue pour arrondir les fins de mois. Il *obsède* souvent et on le laisse faire.

Pierre chante. À cœur de jour, il fait des vocalises dans l'espoir de rejoindre un jour un vrai chœur. Il se garde l'esprit en éveil et le corps en musique. Et il est fier de moi et de Momo. Tous les dimanches nous le prouvent. On dispose des chaises dans le salon et, quand il manque de places, on en ajoute sur la galerie pour les voisins qui viennent nous regarder vivre. Momo les attire avec ses ponts, Pierre chante et moi, je distribue des jus. Pierre dit que les gens se cherchent et qu'ils sont prêts à beaucoup pour se trouver. En attendant d'y arriver, ils paient pour voir ceux qui y sont parvenus et ils applaudissent. Notre budget ne s'en plaint pas. Moi, je me fais mère et c'est toute une tâche parce que c'est grand, un bébé. Très grand.

Quand Bébé bouge, que Pierre et Momo posent leurs têtes sur mon ventre pour lui parler, on est heureux comme des enfants. Mais il reste un hic. Le monde est compliqué. On pleure souvent pour ça. Aussi parce qu'on a peur que Bébé n'ait pas sa part de gâteau. La vie n'est pas si simple et le bonheur se questionne encore.

Chapitre II

« Fais dodo Colas mon p'tit frère… la la la la la la la la. Papa est en haut… »

C'est vrai qu'il est en haut, Pierre. Comme au zénith du bonheur. Et ma foi, il s'y fait de plus en plus. Il glisse si bien dans ses parois. Si bien.

– « La la la la la la… » Mylène, où t'as mis la poudre à pâte ?

– Dans l'armoire de la poudre à pâte.

– Et la farine ?

– Dans l'armoire de la poudre à pâte et de la farine.

– « La la la la la la… Maman est en bas. »

C'est vrai aussi. C'est vrai que mon moral a baissé d'un cran depuis l'accouchement. Trop d'amour, je crois. Et papa et maman qui se sont mis à aimer ma famille. Et ma famille qui s'est mise à aimer papa et maman. Et Pierre, Pierre qui chante de mieux en mieux. Il finira par surprendre d'une manière ou d'une autre. Ou il deviendra chanteur ou il ne le sera pas. Dans les deux cas, je risque d'être surprise. Et Momo qui pleure tout comme moi parce que Bébé est trop beau, parce que le bonheur est trop grand. Momo, mon grand fou qui dérive dans mes bras comme je dérive dans les siens. Maman berce

Bébé. On fait carte postale. Comme si l'image ne renvoyait de nous que le meilleur. Le monde est si beau quand il s'y met. Bébé. Si merveilleux. Si normalement constitué. Si parfaitement réussi. Et toutes les lignes de ses mains parsemées d'étoiles. J'ai l'impression d'avoir porté le monde, un grand morceau du monde.

Maman berce mon morceau tandis que papa fait ses mots croisés pour ajouter au mystère. Momo continue ses ponts, il les construit de plus en plus grands. Je n'ai qu'à soupirer et la carte postale change. Ils se lèvent alors tous pour répondre à mes besoins. On me gâte tellement que je prends goût à cette baisse de moral qui m'apporte en vrac tout l'amour que je désire. C'est bon, les baisses de moral. C'est bon. Particulièrement quand on n'a plus de raison de s'inquiéter pour le présent. On dispose de beaucoup de temps pour installer les peurs du futur. J'ai encore besoin d'inquiétude. Surtout pour le morceau du monde. Il en faut. Il en faut tant.

Pauvre papa ! Ses maladresses ont un charme fou. Et plus il cherche à les dissimuler, moins il y parvient. Il n'a jamais su cacher ses préférences. Je suis bien placée pour le savoir et je ne le dis pas avec rancœur, je le dis tout simplement. Il a toujours manifesté plus d'intérêt pour mon frère aîné que pour moi. Je l'ai toujours su. Et il se trouve qu'il aime Momo. Chaque fois que Momo ouvre la bouche, il boit ses paroles et le dévore. Je ne croyais pas mon père capable de tant de fantaisie. Il fait même pousser ce qui lui reste de cheveux pour un look à la Momo, comme il dit. Et son plus grand rêve est de parvenir un jour à perdre un à un ses préjugés ; comme sa chevelure s'est peu à peu retirée de son crâne. En douce.

– Ton père a changé.

— Je sais.

— Ton père a changé.

— Je sais.

Maman et moi, on fait preuve de prudence dans nos dialogues. On les entame et, la plupart du temps, le seul bonheur d'y arriver fait qu'on s'en tient à l'introduction pour que le plaisir dure. Ce qu'on dit bien mérite d'être redit. Point final.

Je ne reproche pas à papa d'aimer Momo, je le comprends. Momo ne voit rien, n'entend rien et ne sent rien comme les autres. En fait, il est unique. Comme si l'impensable n'avait pas de secrets pour lui, et c'est ça, je crois, qui le rend si irrésistible. Alors papa lui trouve des emplois qu'il s'empresse de perdre. Papa est fasciné par l'adresse de Momo. Chaque fois qu'il échoue, il lui dit que c'est parce qu'il est unique. On a beaucoup à apprendre de l'échec, qu'il ajoute. Beaucoup.

Il fait sans doute allusion au dernier travail qu'il lui avait trouvé. Du recensement dans les maisons de Sillery avant les élections municipales. Un jour, tout s'est embrouillé. C'était rue des Gouverneurs. Un imitateur habitait au 460. Momo nous est revenu vert pâle et beige ce jour-là. « C'est embêtant, qu'il disait, le type imite dix-huit personnes. Combien j'écris de noms sur la liste ? » On en a beaucoup discuté. On s'est même rendus au 460, Pierre, Momo, Bébé et moi. On a eu droit à sa panoplie de personnages et on a bien ri. Pour nous, ça ne faisait pas de doute. Il fallait inscrire dix-neuf noms sur la liste électorale. On a téléphoné souvent à la Municipalité pour parler personnellement au Maire à ce sujet, puis, comme il ne retournait pas nos appels, on s'est tous présentés à son bureau. C'est là qu'il a mis fin au contrat de Momo. Heureusement que papa connaît le Maire. Nous, ça nous importait peu qu'il préserve l'emploi de Momo, mais on tenait à rester bien haut placés dans l'estime du Maire. Quand on a la chance de connaître des illustres personnages, ça peut toujours servir, que dit Momo. « Même s'il ne s'agit pas du Maire de notre municipalité. »

À peine si papa regarde Pierre. Mais les affinités, c'est comme autre chose : si ça ne vient pas vraiment, vaut mieux ne pas forcer. Pierre ne s'en plaint pas, parce que dans leur cas il y a réciprocité. Papa et Pierre ne se comprennent pas et ils n'en font pas un plat.

Je dois dire que papa et maman sont revenus souvent après leur étrange visite où on a attrapé le bonheur. Ils arrivaient toujours les bras chargés de belles choses pour Bébé. Ils ne parlaient pas plus qu'à la première rencontre, et nous non plus d'ailleurs. Nous n'en étions pas là. Une fois, Momo a acheté une boîte de trente crayons de couleur et du papier flambant neuf pour qu'on installe le bonheur sur nos murs. Il disait qu'il y a un temps pour habiter et que le temps était venu. Papa et maman ont reçu ça comme un grand honneur. Lors de leurs visites, nous nous livrions à des exercices de dessin. Chacun de nous inventait Bébé, son visage, les formes de sa vie. C'était beau. Les murs sourient et sont pleins de ces dessins. Mes parents sont si sympathiques depuis qu'ils se sont mis à nous aimer. Si sympathiques. Je ne les reconnais plus. Ils prennent de plus en plus plaisir à nos activités et je peux lire une pointe d'admiration dans leurs yeux. Comme s'ils s'éveillaient à quelque chose de mystérieux. Ils disent que pour eux, nous sommes les coureurs de l'émission *La Course autour du monde.* Avant leurs départs, on s'applaudit, on s'ovationne, parce qu'on est fiers de nous. On peut aller loin, à l'autre bout de la planète parfois, juste en passant par soi. Momo dit toujours ça quand papa le prend à bras-le-corps, puis lui tapote l'épaule pour le reste que l'on tait parce qu'aucun silence ne saurait mieux le dire.

~

Le temps avait marché sur la naissance et on l'avait tous attendue. J'appréhendais déjà l'ennui qui me pèserait une fois que le grand morceau serait sorti de mon ventre. Quand me venait la tristesse, Pierre et Momo jouaient au ballon pour me distraire. Ils le lançaient et je courais après l'un et l'autre pour l'attraper. C'est si simple quand on sait rire un peu. La veille de l'accouchement, en jouant, on a cassé trois lustres. Ça nous a valu la visite du Proprio. On l'a serré très fort dans nos bras. Il vient toujours quand on brise quelque chose. On le fait souvent aussi parce qu'il a besoin de nous. Il est si affligé, le pauvre, depuis que sa Petite Survivance attend la mort. « Elle est si jeune, qu'il dit. Juste quatre ans. Si belle. » Il embrasse sa photo, la dépose quelque part près d'un dessin du jour, s'en retourne le sourire rempli de larmes et le regard empreint de gratitude. Et parce que, sans elle, son existence perdra ses couleurs, on fait de la gouache pour lui inventer une vie après. Momo excelle dans les visages et moi, dans les paysages. On lui invente un monde sur petits cartons pâles. Pour nous remercier, le Proprio nous apporte tout plein de cadeaux. À moi, un cornet de glace (j'en mange tellement depuis que je suis enceinte) et à Momo, dix cents par jour parce qu'il connaît sa passion pour les bateaux et qu'il sait que Momo n'aura jamais les moyens de s'en offrir un. « Et voguent les bateaux, les ponts et les rêves ! » que lance toujours le Proprio en s'en allant.

Depuis qu'on est au courant pour sa Petite Survivance, tous les soirs, Pierre va chez eux chanter rien que pour elle et pour son papa et sa maman. Dire les frissons qui nous gagnent, Momo et moi, quand on entend son chant à travers les murs me semble impossible. Certaines choses ne peuvent se décrire. Elles se vivent. Quand il revient, on lui fait couler un bain, on lui sert un café chaud parce qu'il est ému de tricoter à l'écharpe du monde.

Comme je ne mange presque plus depuis que la Petite Survivance s'éteint, Momo a trouvé une idée pour me mettre en appétit. « On va jouer à c'est-quoi-qui-y-a-dedans-ça. Tu vas voir, Mylène. » Il est si génial. Il a enlevé l'étiquette de toutes les boîtes de conserve et l'emballage de tous les repas surgelés. Quand on prépare à manger, les oh ! les ah ! les miam ! et les rires se multiplient. Mes deux coqs adorent me surprendre.

～

Le jour de la naissance me reste là, bien accroché au cœur. Fallait nous voir tous pour comprendre. Et pour ne pas oublier, j'écris. J'écris tout dans le moindre détail. Ce qu'il y a de bien entre nous, c'est qu'on s'était donné des règles et que personne n'en a dérogé. Personne. D'abord Momo a tenu sa promesse. Il a téléphoné à papa pour qu'il nous conduise à l'hôpital. On a tout fait dans les règles de l'art. Faut dire qu'on était riches de quelques pratiques. Les parents sont très respectueux. Papa devait jouer du klaxon, quatre coups, et rester dans l'auto jusqu'à ce que les voisins sortent et nous regardent. Ensuite, lui et maman se tenaient au pied de l'escalier pour adresser des bye-bye à tous nos spectateurs.

La vie mérite qu'on la salue. Mes parents restaient là pendant que Momo et Pierre me transportaient à bout de bras, tout en bas. Quand maman a dit que j'avais l'air d'un vrai reposoir de procession, on a tellement ri que mes deux hommes ont failli me répandre. C'était vers la huitième marche. Maintenant que le bonheur nous inquiète un peu moins, on rit plus facilement.

Non. Je dois l'avouer. Aucun indice ne laissait présager la naissance. Pas de contractions. Rien. Mais je savais absolument que j'aurais Bébé ce jour-là. Comme j'ai su d'instinct le jour et l'heure de la mort de grand-maman. Ces choses-là ne s'expliquent pas. Elles se ressentent. Pour la première fois de ma vie, je n'avais aucun doute quant à mon importance aux yeux des autres. Il y a des moments dans l'existence où tous les yeux se rivent sur vous. Faut savoir en profiter quand c'est pour la bonne cause, ça compense les fois où c'est pour le gâchis. Alors, ce jour-là, on me prêtait une attention digne des très grands personnages qu'on voit à la télé. Notre cinéma se jouait à circuit limité, mais quand on touche le si grand vrai, on n'a pas besoin de plus. Je n'avais qu'à demander et je recevais. Alors je l'ai fait. J'ai avoué l'absence de contractions. J'ai dit que je disposais de six heures et que j'entendais les utiliser à ma guise. Et ma guise, c'était un petit détour du côté de Lanaudière pour voir les arbres couchés par la force du vent, enrobés de neige et pétrifiés dans leurs glaçons. Les journaux ne parlaient que du désastre et j'avais besoin de voir tout ça de près. Les arbres faisaient couler tellement d'encre. En tant que sinistrés, ils réclamaient leur part de justice.

Pour dire à quel point un accouchement rapproche les gens, quand ils ont su que rien n'annonçait la naissance, papa et maman se sont mis à respirer par saccades, exactement comme il faut le faire pour accoucher. Pierre et Momo ont accordé leur souffle. Moi, je n'ai pas bronché. Ce n'était pas encore le moment. Comme ils ne parlaient toujours pas, j'ai ajouté que ma guise c'était ça ou bien rester seule sur la terrasse du Vieux-Québec pendant qu'ils allaient constater le désastre écologique. C'en est un, que j'ai osé ajouter du haut de mon pouvoir. Alors on est partis. On a tous chanté parce que je l'ai demandé. Pierre et Momo ne regardaient même pas dehors. Le jour où on parvient à rivaliser avec les paysages, ça ne peut pas s'oublier. J'étais tout, ce jour-là. Tout. Le centre de leurs pensées, leur paysage, leur rêve, leur inquiétude, leur tendresse, leur bonheur et... j'ose le dire ! leur petite colère aussi.

Ça valait le détour. Les désastres sont parfois de véritables féeries ! On se serait crus dans un conte. Les arbres semblaient figés dans l'attente d'un miracle. Et leurs formes faisaient penser à la vie. Pour l'heure, la vie, c'était papa, Momo, Pierre, maman et moi. Quelque chose de nous se miroitait dans la glace. Pierre a chanté dans ce froid à vous geler sur place. Dehors. Debout. A cappella. C'était sa première prestation.

Pierre, mon alouette, mon faiseur de soleil qui, ce jour-là, se cachait trop bien dans le nuage de son respir, tant le froid et la chaleur de son souffle contrastaient. Il essayait d'imiter le grand Pavarotti. « Ça sonne toujours faux quand on ne fait pas chanter sa propre voix, a commenté papa. Un jour, il faut cesser d'imiter les autres. » Je n'ai rien dit, mais je n'en pensais pas moins. Papa est mal placé pour en parler. Il fait tellement tout pour ressembler à Momo. Et je le trouve plutôt charmant, mon Pierre. Avec son art de prendre au sérieux ce qu'il fait sans se prendre au sérieux. Il a surtout l'humilité de nous faire savoir qui il imite pour nous éviter de chercher. Et sa façon d'ouvrir les bras comme s'il invitait Pavarotti à le rejoindre m'émeut. En ces moments-là, je ne vois plus en lui que la bonté et la beauté. Et quelque chose m'étreint. Une vague dans le cœur de Bébé. Bébé qui bouge. Un bercement peut-être. Je le dis comme je le pense : parfois, c'est Bébé qui me berce.

Pour le chant, ce n'est pas si grave. Il faut bien commencer quelque part. Et pourquoi pas à Lanaudière, et pourquoi pas dans un tourbillon de souffle, et pourquoi pas aussi dans le ridicule ? C'est inévitable, le ridicule, dans la société, et nous, on choisit le nôtre. Ça finit par le rendre beau. Puis, Pierre dit toujours qu'il doit essayer tous les registres pour trouver le sien. Et le temps qu'il prend pour cette recherche-là n'a rien de comparable avec celui qu'il passait à se rendre malheureux. Papa devrait au moins comprendre ça. Finalement, maman s'est mise à rire. Et c'était beau. Ses yeux versaient des perles. Ma mémoire n'en finissait plus de photographier l'ivresse. Sa poitrine sautait, sautait, et j'ai eu envie de blottir ma tête d'enfant sur ce coussin de chair. D'y plonger comme jamais je n'ai su le faire. Maman m'a bercée dans les sons de sa joie.

À peine. À peine si j'ai murmuré « il faut partir », que la pédale à gaz s'est enfoncée sous le pied de papa. Momo s'est aperçu le premier qu'on avait oublié Pierre. Et là, l'auto s'est mise à faire un rond, puis deux, puis trois. Elle tournait sur elle-même. Une vraie pro ! Puis, elle a filé droit devant, attirée par un tourbillon de brume isolé dans un froid implacable. Ou plutôt, un tourbillon de souffle. On a embarqué Pierre et on est repartis en trombe vers l'hôpital.

Fallait voir papa et maman se porter à la défense de notre tricouple. L'émotion me gagnait. Finalement, à force d'argumentations, les noms de Pierre et de Momo figurent officiellement sur l'acte de naissance. Des jours comme ça, une vie entière ne pourrait suffire à trouver les mots qu'il faut pour les décrire. Alors je me tais. Mon éducation avait passé son temps à me rétrécir dans un moule. C'est toujours troublant quand ceux qui ont fabriqué ce moule se mettent à le casser. En leur présence, on ne sait plus vraiment si c'est bien ou mal d'être bien. On a un peu l'impression de respirer par la peau tant la ventilation est forte.

Ils viennent de plus en plus souvent nous voir, les parents. Maintenant, on les appelle ainsi parce que les voisins, tout comme Momo et Pierre, les ont adoptés. Maman ressemble à la mère que j'ai toujours rêvé d'avoir. Elle porte des jeans, elle mange des tas de caca-huètes et s'assoit sur les marches de la galerie. Même si ça fait plus ou moins distingué, comme elle dit. De plus, elle s'est acheté un vieux sac de couchage au marché aux puces juste pour éviter d'avoir des hémorroï-des. Ils sont charmants. Vraiment. Lui avec sa queue de cheval et elle avec son air de bonheur qui n'en finit plus d'épater les voisins. Dire qu'il y a six mois ils auraient tout fait pour éviter de dire que Pierre, Momo et moi, on existe.

~

C'est treize heures et il est dimanche aujourd'hui. Bientôt encore, on recevra des gens juste parce qu'on a trouvé le bonheur. Et le public grossit. En plus des voisins, on attire maintenant les passants. Parce que le bonheur se cherche. Bientôt, que nous a dit le Proprio, il faudra construire une rangée de bancs près des gardes de la galerie pour les mieux nantis, pour ceux qui circulent en voiture. Et les places de choix, les chaises à l'intérieur comme à l'extérieur seront réservées aux pauvres. J'avais oublié de l'écrire, mais mon papa chante avec Pierre maintenant. Et comme il est un peu gêné de cette complicité nouvelle, on le cache dans le garde-manger. C'est Momo qui lui a proposé ça et, quand une idée vient de Momo, elle est toujours bonne aux yeux de papa. C'est très grand de voir maman quand sa poitrine se gonfle de bonheur. Très grand.

Que maman est bonne ! J'ai mis longtemps à le comprendre. Elle a le don d'attendrir. Le don aussi d'improviser. Elle vient de rouler la Petite Survivance en plein centre de la cuisine. Quand la survie installe son souffle dans le chant, le Proprio et sa femme sortent leurs kleenex. Il en faut dans la vie des kleenex, qu'ils disent. Il en faut tant. Et quand la Petite Survivance sourit, tous les frissons du monde se mettent à couler.

Les rivières ont des sources cachées. C'est Momo qui dit ça dans les larmes qu'il échappe. Le Proprio et sa femme cajolent leur Petite Survivance. Ça fait déjà deux mois que le temps s'acharne à la quitter. Il y parviendra aussi sûrement que le poulet cuit quand on allume le four et que le poêle n'est pas brisé. On le lit dans ses yeux qui s'éloignent, dans ce visage où se replie la vie. Et son sourire n'a rien de comparable à tout ce que j'ai vu jusqu'à ce jour. Je berce Bébé sur l'absence déjà palpable en ces si troublantes secondes d'un dimanche qui jamais ne pourra s'oublier. Heureusement que Momo fait des ponts. Le regard de la Petite Survivance y trouve tellement à caresser.

Hop ! Voilà papa qui tousse. C'est le signal. On met fin au spectacle pour qu'il sorte du garde-manger. Il a trop chaud, le pauvre. Le chant se tait et le public s'efface. Mais c'est ainsi. Ça prend toujours quelqu'un ou quelque chose pour arrêter quelqu'un ou quelque chose. C'est Momo qui dit ça et c'est papa qui le répète en le prenant dans ses bras comme s'il s'offrait tous les élans qu'il n'a jamais su se donner.

Quand papa pleure ainsi, je voudrais savoir quel âge il déraille en moi, en lui et en maman. Le temps est trompeur. On pleure rarement l'instant présent. Momo dit que même quand quelqu'un meurt, personne ne pleure son défuntisé au même âge. Il a lu ça dans Simone de Beauvoir ou à peu près ça, qu'il dit. Moi, je crois que notre âge, c'est peut-être juste un ramassis du temps de tous les autres et du nôtre. J'sais pas. Je le dis juste dans mes mots.

C'est vingt-trois heures et il fait dimanche encore. Le sommeil est chaud dans Bébé. Papa et maman sont partis comme des amoureux. Quand les murs s'endorment en même temps que les gens, c'est que la vie est bonne.

Ça nous est tous arrivé.

Chapitre III

C'est rien qu'un passage. Je n'arrête pas de me le répéter pendant que je lave les murs du corridor. Un passage. Je le dis cent fois en empruntant le ton de Pierre. « Un passage, Mylène. Comprends. Momo finira bien par trouver une idée, tu vas voir ! » C'est toujours ça qu'il dit pour me convaincre. Pour que j'y croie. Pour que je décolère. À coup sûr, je souffre d'une dépression résidentielle. Il est inquiet pour la santé de notre tricouple parce qu'il sait que je ne supporte plus Momo. Je n'ai pas deux sous de patience par les temps qui courent, mais je me répète que je suis bonne comme le jour et j'essaie de ne pas m'en faire. Je me dis ça en lavant. Comme je dis merde à tous ceux qui ne sont pas contents. Même à Pierre qui n'arrête pas de prendre la défense de Momo. Mais je m'occupe. Après le lavage du passage, autre chose et après autre chose, autre chose encore. Tous les torchons du loyer sont en activité. J'ai même emprunté ceux du Proprio.

— Mylène, pourquoi t'as choisi pareille chaleur pour faire griller la farine ?

— Et toi Momo, pourquoi t'as choisi pareille chaleur pour m'emmerder ?

Conversation close. Ces temps-ci, c'est comme ça avec mes deux coqs. De toute façon, si la farine est un problème, on mettra ça dans la poche aux problèmes. Un de plus ou un de moins, ça ne pèse plus dans la balance. Voilà. J'en ai ras le bol. Tout le monde m'énerve. Tant qu'à dire disons. Je fais une indigestion de voisins. Une vraie de vraie.

Heureusement que la nuit apporte ses rêves. Hier, j'ai rêvé que j'habitais sur le toit du bloc et que je les observais tous comme si je ne les connaissais pas. À défaut de voler comme on le faisait avant, je me suis envolée loin, très loin. Je supporte de plus en plus mal leurs singeries. À croire qu'ils font tous partie d'une débandade. D'un cirque. Je le dis comme je le pense, un cirque.

Seul mon cahier parvient à me calmer. Avec lui au moins j'arrête un peu de laver. Je prends le temps d'écrire Bébé. Son sommeil. Ses sourires. De me demander à quoi rêve mon petit ange. J'ai un tel besoin d'intimité avec Bébé en même temps que je crains de n'être pas la maman qu'il lui fallait. Puis, il suffit que j'aperçoive Bobonne et la colère me revient. C'est Bobonne la pire. Ses lubies me rendent complètement folle. Elle prétend qu'une espionne-au-chapeau-feutre-vert-foncé (de quoi attraper des poux par pareille chaleur) l'épie en permanence. Et Momo ! Momo qui ne trouve rien pour lui changer les idées. Momo en panne sèche. Je n'en peux plus. Finis les spectacles du dimanche. Finis. J'en ai ma claque. Mes deux hommes peuvent se reposer eux, mais qui-c'est-qui-se-tape-la-fatigante-de-Bobonne-et-ses-lubies-à-longueur-de-journée ? Moi !

Depuis trois semaines, c'est la folie furieuse ici. Je suis si tannée des voisins que j'ai l'impression qu'ils vivent jusque dans mon respir. J'ai beau expirer en frottant, inspirer en rinçant, je n'en peux plus. J'ai des images de pâtes agglutinées quand je pense à eux et, dans les meilleurs jours, c'est un plat de légumes au gratin que je vois. Vivre les uns collés sur les autres me semble une punition maudite.

Trois portes donnent sur la grande galerie. Celle du centre, c'est nous. À notre droite, Bobonne. Chaque fois qu'elle sort, elle passe obligatoirement devant chez nous. Et comme Jonathan et Louis habitent à notre gauche, juste à côté des escaliers, il devient impossible de les éviter. Impossible. Faut les voir, eux. Faut les voir pour le croire. Ils ont repris la farce de la pub et la répètent dix fois par jour : « Moi, c'est Jos, lui, c'est Louis. » Ils la rient chaque fois comme s'ils venaient de l'inventer. Niaiserie maudite ! La première fois, on rit. La deuxième fois, on sourit. La troisième fois, on rictus. Ensuite, on se fait à l'idée. Je ne pardonne pas à Momo de leur avoir fabriqué des rideaux de porte avec des dessus de boîtes à gâteaux Jos-Louis. Chaque fois que je sors, j'ai le mors aux dents, ce qui n'est rien pour m'aider.

La promiscuité me tombe terriblement sur les nerfs. Quand ça me prend, je me sentirais capable de tout. Claquer la porte. Quitter Pierre et Momo. M'enfuir avec Bébé. La bougeotte me vient comme un tourbillon central. Et quand ça me remonte entre les seins, Pierre sait que c'est critique. Il ferait tout pour que ça me passe. Mais il a beau me proposer de jouer une petite scène d'Évangile, j'ai beau essayer par toutes les forces de mon vouloir, ça ne passe pas. Hier encore, il mettait sa tête entre mes seins. Hier encore, je lui disais ce qui nous faisait tant rire : « Pierre, tu es pierre, et dans ce vallon, je bâtis mes assises. » Il avait beau ajouter son traditionnel « merci crisse, merci », me répéter sur tous les tons que les côtes se remontent comme sa bouche sur la pente de mon sein jusqu'au mamelon, rien n'y faisait. La bougeotte me revient aussi fidèlement qu'une vieille rengaine. Elle me colle à la peau. La scène de la montagne sainte, ça ne prend plus. Terminé.

Selon Bobonne, l'espionne nous voudrait du mal à tous, mais surtout à Bébé. Si j'ai le malheur de faire dormir Bébé sur la galerie, elle sort en trombe et le couvre au grand complet d'une couverture de laine pour le cacher. Bébé hurle. Je ne sais plus quoi faire. C'est ça, sa lubie. Faut dire que Bobonne est juive. Qu'enfant elle a connu la guerre, les camps de concentration et les parents qui se font tuer sous les yeux d'une petite fille. Faut dire qu'elle y retourne par secousses quand ses peurs la rejoignent. En général, on la comprend de ne pas oublier, mais c'est vraiment trop ce coup-ci. Elle ne revient plus. Je supplie Momo tous les soirs de trouver une solution, mais il dit que c'est très délicat et que ça demande réflexion.

L'autre jour, il l'a même chargée officiellement de surveiller Bébé qui sommeillait sur la galerie. J'ai failli devenir folle. Elle s'étampait le nez dans la moustiquaire et hurlait aux loups chaque fois que quelqu'un passait sur le trottoir. C'est là que j'ai fermé les portes à double tour et que j'ai commencé ma dépression résidentielle. Ma rage contre Momo surtout.

Trois semaines déjà qu'elle radote et que je tolère. Elle m'énerve tellement que j'en viens à comprendre pourquoi on se ramasse un jour dans les premières pages d'*Allô Police*. Mais elle a des sous, aussi. Heureusement ! Faut dire qu'elle a déjà été un personnage de la Haute, autant dans la couture que dans la société. Faut dire qu'en qualité de directrice d'une manufacture très renommée en France elle a été responsable d'une centaine d'employés. Et puis, je dois avouer que, lorsque les vis de son grenier se décoincent, Bobonne porte encore la grandeur de sa classe. Faut la voir quand elle va bien, Bobonne. Faut la voir.

Au moins les vendredis, elle nous offre de quoi nous distraire. On part à la queue leu leu. Toute la gang. Bébé devant, poussé par Momo. Ensuite, Pierre, moi, la Petite Survivance, le Proprio, sa femme et les Jos-Louis. C'est toujours Bobonne qui clôture la parade. On revêt nos plus beaux atours pour faire l'envie des voisins et l'effet atteint toujours son comble. Bobonne nous offre un café au Normandin. La serveuse nous aime tellement qu'elle nous sert réchaud sur réchaud. Faut dire que Bobonne paie très très bien. Elle laisse toujours un beau dix dollars de pourboire. On apporte le biberon de Bébé et il a droit aussi à son petit café. On discute longtemps comme de grands savants, de tout, de rien, et on se demande ce que serait la vie sans le café. On pense aux gens qui n'en boivent pas et on les plaint. Ça change le mal de place et ça me calme un peu les nerfs, parce que je laisse aux autres le soin de raisonner Bobonne. Elle pleure souvent son inutilité.

Depuis que Momo n'a plus d'idées, Pierre s'en mêle. Il a beau lui expliquer qu'elle a au moins l'utilité d'avoir des sous, de nous faire parader, ça lui coule comme l'eau sur le dos d'un canard. Et même s'il lui répète sur tous les tons qu'elle nous permet aussi de réfléchir sur le café, sur le sens de l'inutilité, rien n'y fait. Elle va d'une crise à l'autre, et plus la situation persiste, plus j'en veux à Momo de ne pas trouver de solution.

Voilà ! C'est dit. J'ai une écœurette aiguë. Mes deux hommes sont convaincus que je fais une déprime résidentielle. Je le pense aussi. Et comme il me faut des coupables, c'est la faute à Momo, à Pierre, aux voisins. Surtout Bobonne. Surtout. Elle est la grande responsable de tout.

Je veux l'effacer de mes pensées. Totalement. C'est pour ça que je frotte, que je lave, que j'astique. Pour faire disparaître ses empreintes. Je nettoie tout : les poignées de porte, la boîte à lettres, tout. Je n'arrête pas. Je mets du désodorisant partout. Je lave le sucre à l'eau froide pour essayer d'en faire des cubes. Le temps que je me choque après le sucre, j'arrive à l'oublier un peu, celle-là. À oublier Momo aussi. Il le faut. Il le faut. Je fais de même avec le sel. Il sèche par mottons et je l'écrase ensuite à la cuiller. Je lave aussi les nouilles. Tout y passe. Tout. Le monde comme les nouilles. M. Net est devenu mon complice et l'eau de Javel, ma pilule pour dormir. Je mets du scotch tape sur les poignées de porte, je m'acharne à nettoyer la colle qui nous reste sur les mains, je lave les escaliers avec une brosse à dents pour faire durer le travail. Vraiment. Vraiment, j'ai un besoin fou de laver. Un besoin fou d'odeurs. Même que, depuis trois jours, Momo est obligé de s'asseoir sur moi entre cinq et six heures pour m'empêcher de céder à l'envie de laver les trottoirs et la rue. Juste la pensée de me voir faire le trottoir et la rue le rend malade. Il me promet sur tous les tons qu'il finira par trouver l'idée. Comme ça me donne des élancements dans les cuisses, ça freine un peu mes ardeurs.

J'essaie de rire, je le jure. En général, je supporte les pannes sèches de Momo, mais je dois avouer que si Pierre ne s'en occupait pas, ça risquerait de mal tourner entre nous. En fait, on ne sait plus trop bien comment continuer à être heureux. C'est si difficile, le bonheur. Comme c'est toujours Momo qui trouve les idées, Pierre et moi, on attend. Il est comme ça notre cher et tendre Momo. Il a au moins la gentillesse de nous remercier tous les jours de ne pas pousser ni tirer sur ses idées. N'empêche qu'il sent la pression. Tant mieux. Parce que j'ai beau vouloir être patiente, ma patience n'en peut plus. Vraiment plus.

J'ai ri un peu l'autre jour, par contre. J'ai versé un seau d'eau de Javel pure sur la belle chaise neuve du Proprio. Les couleurs étaient trop voyantes, ça m'énervait. Il a hurlé si fort que je crois être parvenue à le détendre. Lui aussi est tendu depuis quelques mois, en plus d'être très inquiet au sujet de sa Petite Survivance. Sa douleur me rejoint trop, c'est pour ça que je serais prête à tout pour lui changer les idées. Tout. Il n'a pas trouvé ça drôle. Mais j'aurai au moins fait rire la Petite Survivance. Ils ont dû lui faire le bouche-à-bouche pour qu'elle reprenne son souffle. La pauvre ! Elle se noyait dans son rire. C'est plus fort que moi, ça me renverse de voir des enfants maigrir du visage. J'ai beau me dire que c'est leurs dents qui poussent, je sais que c'est un leurre. Surtout la Petite Survivance, je suis attachée à elle comme ce n'est pas permis. Je l'aime à en perdre le sommeil. À trembler chaque fois que je sors et que je ne la vois pas. Je lui envoie des dessins de papillons et de poissons que je fais descendre avec des cordes. Elle coupe la corde, dépose les papillons dans les arbres dessinés directement sur la galerie par Momo et met les poissons dans son aquarium de plastique. Au moins, le temps qu'elle fait ça, elle s'amuse un peu.

Pierre chante maintenant dans les églises. Pour dire comme la chance se présente, des fois ! Pour dire : un jour qu'il était allé aux funérailles d'une amie de sa tante, le chanteur s'est étouffé noir et Pierre a continué le chant. Ça lui a donné le courage d'aller voir tous les curés des paroisses environnantes. Comme il fausse encore un peu, ça ne coûte presque rien pour l'engager. Et les petits budgets sont contents. Ravis même. Il chante environ trois services par semaine. Son chant préféré est l'*Ave Maria* de Schubert. Comme il ne le rend pas encore tout à fait bien, il le chante durant la communion. C'est là que les gens bougent, pleurent et mouchent. Momo l'accompagne. Je dis bien l'accompagne, parce qu'il ne joue d'aucun instrument et ne sait pas chanter. En fait, il ne fait rien par les temps qui courent. Il remet même en question sa raison d'exister. « D'abord respirer, lui dit Pierre. Après, on verra. » Pierre le traîne partout. Ils sont comme ça, mes deux hommes. Ils se tiennent.

— Il s'agit de savoir attendre et il trouvera. Tu sais, Mylène, quand Momo trouve une idée, ce qu'il y a d'agréable avec lui, c'est que les gens mordent.

Je sais qu'il a raison, mais le temps s'étire avant l'éclair de génie, et je me sentirais capable de manger les murs tellement je suis en colère. Quand Pierre et Momo sont en service, je me retrouve seule avec Bobonne. Et les Jos-Louis, parlons-en ! Ils partent très tôt le matin. Ils ramassent les cochonneries que les gens jettent aux poubelles. Ils font le tour des quartiers avec une voiturette attachée à leur tandem. Ils vendent leurs trouvailles et se mettent des sous de côté. Ils rêvent à la richesse, eux aussi. Au fond, si je prenais les choses du bon côté, je pourrais me vanter d'être entourée de gens riches et célèbres. Tout le monde connaît les Jos-Louis dans le quartier, comme tout le monde connaît Bobonne et ses lubies. Elle fait fuir.

Pour preuve, papa et maman ont même cessé leurs petites visites. Et je m'ennuie. Faut dire qu'on s'habitue à se sentir aimé. Et j'aimais bien me sentir aimée par eux. Ils disent que tant que Momo ne trouvera pas le moyen de régler le problème, ils ne viendront plus. Parce que papa a la goutte quand il est nerveux et maman, quand papa est nerveux, ça lui fait l'effet du supplice de la goutte d'eau. Hier, papa a parlé avec Momo au téléphone. Je ne sais pas ce qu'il lui a dit, mais j'ai l'impression qu'il lui met de la pression, parce que lui et maman s'ennuient beaucoup de Bébé. Tant mieux ! Tant mieux ! Parce que si papa s'en mêle, j'ai bien confiance qu'on va s'en sortir. Momo a juste répondu : « J'suis quand même pas pour tuer Bobonne ! » Il a raccroché, puis il a pris sa douche avec Pierre. Qu'ils s'amusent ! Qu'ils s'envoient en l'air tant qu'ils le voudront. JE M'EN FOUS. Ils ont même apporté une bouteille de ketchup sous la douche. On fait ça, parfois, on se fait manger à la petite cuiller pour retrouver notre folie. D'habitude, on prend du miel, mais comme j'ai lavé le bocal plus souvent qu'autrement dans l'eau chaude, le miel est figé. Tant pis.

Vivre à trois a ses petits côtés pratiques, je dois dire. Quand quelqu'un bougonne contre quelqu'un, l'autre s'occupe de ce quelqu'un. C'est pour ça que Pierre protège Momo. Il dit qu'on n'a pas le droit de se choquer contre lui, mais qu'il espère, lui aussi, que les choses vont se régler. Il ajoute qu'il ne veut pas prendre parti pour Momo, mais que la situation fait appel à son sens de la justice. Mais, j'ai l'impression que le vent va tourner. Pierre me pique des clins d'œil à tout bout de champ. Pour un rien. Il parle beaucoup plus. Et le plus beau, mais je n'ose y croire tellement ça m'excite, Momo a repris un entrain certain. Il met plus d'énergie dans ses mouvements. Les choses vont peut-être se replacer. Peut-être. Ça doit sûrement m'encourager, parce que je lave beaucoup moins. Je recommence même à m'amuser avec Bébé. À écrire ses premiers sons dans mon cahier. Aussi, je remarque que mes colères sont moins fortes.

Ce matin, mes deux hommes m'ont envoyée acheter du lait au dépanneur.

— Il y en a encore trois pintes.

— Alors achète n'importe quoi.

J'ai compris que la surprise flottait dans l'air. En passant devant les rideaux des Jos-Louis, j'ai eu envie de rire. Pas beaucoup, mais quand même un peu. Je ne m'étais pas trompée. Quand je suis revenue, Pierre a sauté trois fois sur place. J'ai su qu'on s'en sortirait. Ça me le disait par tous les frissons qui me gagnaient.

— Coucou Mylène ! Coucou ! Reste là !

— Oui.

— Reste là.

— Oui.

— Je vais aller te chercher.

— Oui.

— Ferme les yeux.

Et le silence a pris sa place. Comme si nous arrêtions la vie pour la photographier. Pierre souriait tellement que j'ai eu la certitude bien flanquée au cœur. Momo avait trouvé. Puis, il a ajouté : « Tu vas voir… Tu vas voir… » Il a insisté pour me bander les yeux. On a monté les marches et il disait :

— D'abord, tu dois mettre ta robe du bonheur.

— Oui.

— Il le faut, Mylène.

Et il m'a conduite à notre chambre. C'est une robe que Bobonne m'a cousue dans le temps qu'elle avait le génie dans le sens du monde. Je la porte pour rire. Pour faire rire, aussi. Elle a plein d'étages, de volants et quand je tourne sur moi, on dirait une ballerine qui sort d'une boîte à bijoux. Bébé ne résiste pas à cette robe. Personne d'ailleurs. Personne n'y résiste. J'ai tourné, tourné. Puis, Pierre a dit : « Ouvre les yeux. »

Il nous a tous offert un walkie-talkie fabriqué par Momo à même des boîtes de jeu de cartes en plastique. Sur le coin gauche de chaque walkie-talkie, on pouvait tourner un piton qui montait ou baissait le volume de nos voix. C'est les Jos-Louis qui avaient ramassé tout ça dans leur tournée de cochonneries. Eux aussi étaient là pour assister à notre joie. Même Bébé avait son walkie-talkie. On était fébriles comme des enfants quand on s'est tous dirigés vers la galerie. Parce que, si cette idée n'était pas bonne, tout le monde savait que je ne le supporterais pas. Et là ! qui-c'est-que-j'ai-tu-pas-vu ? Bobonne. Bobonne qui longeait le mur avec des yeux d'épouvante et qui parlait dans son walkie-talkie. Momo qui répondait par codes pour ne pas éveiller les soupçons de l'espionne-au-chapeau-feutre-vert-foncé. Il avançait vers elle, il longeait le mur lui aussi, en donnant l'impression qu'il marchait sur des mines. Lui et elle nous ont longtemps regardés ensuite. Puis, Momo nous a expliqué : on ferait une pièce de théâtre avec son histoire. Bobonne jouerait le personnage principal et c'est grâce à elle qu'on se ferait connaître dans les quartiers environnants. Parce que, dans notre quartier, tout le monde nous connaît.

Bobonne était heureuse comme jamais. Elle disait oui, oui, oui de la tête à chaque phrase de Momo, comme une petite écolière qui fait tout pour attirer l'attention du professeur. Même que, les premiers temps, elle prenait tellement son rôle à cœur qu'elle parlait presque jour et nuit. Elle nous tenait au courant des moindres faits et gestes de cette espionne. On a joué le jeu. Pour elle, pour nous, pour le bonheur qui semblait vouloir revivre.

Puis, trois jours plus tard, la vraie surprise que Momo et Bobonne complotaient ! Une limousine juste en face de nos escaliers. Juste pour nous. C'est Bobonne qui l'avait louée. Le chauffeur portait des gants noirs percés aux jointures et nous invitait, d'un geste solennel, à descendre et à entrer dans son humble demeure. On est tous descendus. Bébé dans les bras de Momo, puis, l'ordre habituel. Bien sûr, Bobonne fermait la parade. On se rendait chez les parents. Devant chez eux, les Jos-Louis se sont mis à rire. Ils racontaient que papa avait l'air d'un bloc Lego sur son gazon tellement le terrain est grand. Bobonne les a regardés de travers parce qu'elle ne voulait pas qu'on rate notre arrivée. L'heure était très grave. Et pour cause, le Maire habite la maison juste en face des parents. Le chauffeur nous a aidés à sortir comme de hauts personnages très importants. C'était vraiment de toute beauté.

Fallait voir le bonheur dans les yeux de papa et maman. Fallait voir. Papa avait l'air d'une apparition. Et maman glapissait en nous saluant comme une diva. De grands gestes somptueux que je ne suis pas prête d'oublier. Tous les voisins nous observaient de leurs fenêtres. Certains sont sortis à la course comme si le feu était pris. À croire qu'ils n'avaient jamais vu de limousine. On a même vu le Maire nous regarder avec ses yeux de fierté municipale. C'était fantastique. L'objectif était atteint. Il nous avait remarqués. Les contacts, il faut savoir s'en servir, et un Maire, c'est très grand dans la vie, que dit Momo. Alors on a fait notre requête à papa. On lui a expliqué que l'histoire de Bobonne est maintenant écrite. Qu'on en ferait une pièce de théâtre. Tous ensemble. « La troupe des enfants des voisins du Maire », c'est comme ça qu'on va s'appeler, qu'a précisé Momo.

Chaque fois que Momo fait une trouvaille, papa se meurt de rire. Du plus loin de son histoire, jamais Momo n'a connu meilleur public. Et puis, au fond, si papa peut quelque chose pour nous, il le fera à coup sûr. Il a le bras long, papa. Très long même. Et il a du poids en plus d'être très pesant de sa personne. Alors Momo lui a tout expliqué en long et en large : Bobonne jouera le personnage principal dans la pièce. Celui d'une femme qui a des lubies. Tellement de lubies qu'elle ne fera plus rien de supportable. Tous les gens la fuiront. Elle personnifiera la peur. Toute son interprétation devra faire voir quelqu'un qui a une vis coincée dans le grenier. Il a même ajouté que Bobonne a un talent fou. Qu'on jurerait qu'elle a toujours fait ça. Ensuite, il a dit que, depuis qu'on prépare la pièce, Bobonne rit beaucoup. Et il a ajouté que, pour se sentir utile dans la vraie vie, elle mangerait des tas de popsicles dans la pièce. Comme ça, elle contribuera à sa collection de ponts, qui d'ailleurs va très bon train. Tellement bon train qu'il a troqué les cure-dents pour des bâtons. Avec la joie silencieuse d'un cocorico à venir, Pierre et moi on regardait Momo déblatérer son baratin. Momo était rouge écarlate tellement la fierté brûlait son visage. Les Jos-Louis, Bobonne et nous, on lui a fait une ovation et on a même cru que Bébé applaudissait. Il claquait ses petites menottes sur ses genoux en montrant ses gencives nues.

Papa s'est assis comme s'il sombrait dans la douleur de sa goutte. De son côté, maman ne savait pas trop comment prendre la chose. On l'aurait crue heureuse avec nous et malheureuse avec papa. D'ailleurs, elle a recommencé à dire comme papa, à cause des habitudes. Ça revient souvent, les habitudes. Quand papa a retrouvé l'usage de la parole, il a regardé Bobonne en plein dans les yeux et il a dit :

– Ça m'inquiète pour toi, Bobonne, j'voudrais pas que tu penses qu'ils abusent de toi. J'sais pas... y a des gens qui se servent des gens, des fois. Tu le sais, ça ? Parce que je serais malheureux si tu pensais ça.

Franchement, ça nous a tous un peu coupé les jambes. Papa a le chic pour troubler la joie. Bobonne était là, suspendue à ses lèvres, les yeux en point d'interrogation. Elle l'a regardé pendant des minutes et des minutes qui nous ont semblé des années. Et tout à coup, elle s'est mise à pleurer comme une rivière. Maman s'est dirigée vers la cuisine au pas d'une course olympique et en est revenue avec un gros rouleau d'essuie-tout. Bobonne avait beaucoup à assécher. Tellement. Je n'en croyais pas mes yeux.

Puis, elle a repris son souffle. Elle s'est levée, magistralement je pourrais dire. Très magistralement. Et elle a commencé son discours. Fallait la voir ! Une vraie grande comédienne. Elle a pris un grand respir et elle a dit : Un : que jamais elle ne voudrait se priver de ce plaisir. Deux : que tous les profits de la pièce iraient à Momo, Pierre et moi pour qu'on réalise notre grand rêve d'acheter une ferme. (J'ai failli m'étouffer d'émotion.) Trois : que c'était bon pour son moral. Quatre : qu'elle voulait qu'on la regarde pendant qu'elle était encore quelque chose. Je le dis comme je le pense, elle a été formidable. Pas l'ombre d'un doute ne traversait son discours. Pas même l'ombre de l'ombre. Le silence a duré quelques minutes. Papa nous observait tous comme si la surprise de tout ça ne passait pas. Puis, il a souri et maman aussi bien sûr. Nous, on sait que Bobonne parle toujours comme ça. En comptant. On voit qu'elle a l'habitude des calculs. En plus d'avoir un héritage, elle a roulé sa bosse notre Bobonne. Elle m'avait promis qu'elle me montrerait à coudre, mais, avec le printemps et ses lubies, on n'a pas pu ni elle ni moi. Heureusement que les saisons changent.

On est vraiment chanceux parce qu'on est dans le secret des dieux. On a appris par papa que l'été prochain il se tiendra un gros festival de la guenille à

Saint-Sauveur. On croit tous que Bobonne, en tant qu'ex-couturière, mériterait d'être couronnée Reine de la guenille. Papa a dit qu'il soumettrait notre projet au Maire. Juste comme on allait partir, j'ai ressenti le besoin de faire mon petit baratin. Je voulais qu'on me remarque, et surtout, j'avais une petite colère qui ne passait pas. Papa nous avait jugés. Il avait osé penser qu'on pourrait abuser de Bobonne et ça me restait collé dans la gorge comme des cendres qu'on doit cracher. « D'abord, que j'ai dit, on n'a jamais abusé de Bobonne. Un jour, on va t'expliquer quelque chose à ce propos-là. Tu vas voir qu'on l'aime pas mal plus que ce que tu penses. » Il a nié. Il nie toujours quand on lit en lui. À cause de l'orgueil. Je sais quand il nie : il se lève, se frotte la jambe droite et mange trois biscuits au chocolat. Quand j'étais petite, une fois il a eu tellement d'orgueil que le cholestérol l'a pogné et que ça l'a obligé à vivre un peu plus humble. En tout cas, il a au moins changé de sorte de biscuits. Il en a pris des secs. C'était difficile pour maman. Je m'en souviens.

Ensuite, j'ai expliqué que j'avais tricoté trois bas de laine pour l'argent des services chantés par Pierre. C'est dans ces bas qu'on ramasse nos sous pour acheter la ferme. On ira s'échouer quelque part dans la Beauce. Paraît que les maisons sont abordables. Pour Bébé, que j'ai dit, j'ai tricoté des pouces de mitaine. Seulement des pouces. Parce que ça ressemble à des condoms. Comme ça, on peut mettre dix vingt-cinq sous par pouce. Et quand il va parler et comprendre, on lui expliquera comme c'est important les condoms. En attendant, on installe l'image. Et j'ai menti. J'ai dit que Pierre avait fixé une grande banderole au mur de la chambre de

Bébé : « La plus grande richesse, c'est la santé. » J'espérais que papa sourie. Mais non. Papa préfère Momo à Pierre.

Si j'avais dit, comme c'était le cas, que c'était Momo qui avait fait ça, il aurait ri, j'en suis sûre. Mais j'ai dit quelque chose de très vrai après. J'ai dit que Momo et Pierre étaient très contents de mon initiative pour les pouces de mitaine parce qu'ils prennent à cœur l'éducation de notre fils. Et que l'important, c'est qu'on avait retrouvé la complicité dans notre tricouple. Finalement, c'est juste ça qui comptait pour moi. Je n'ai pas dit non plus que la banderole, c'est la Petite Survivance qui nous l'avait inspirée. Je crois qu'elle finit par nous froisser le cœur à tous. Je le pense en tout cas, parce que chaque fois qu'on prononce son nom, le malaise nous prend. Et quand on n'en parle pas, c'est aussi pire. Papa a fait remarquer à la fin qu'au rythme où l'on ramasse nos sous, on a le temps de voir venir pour une ferme. Et c'est vrai.

On est tous sortis dans l'ordre. Cette fois, c'est Pierre qui ouvrait la parade. Momo le suivait, avec Bébé sur ses épaules. Ensuite, moi et les Jos-Louis, puis Bobonne. Le Maire nous a souri. Ce coup-ci, sa femme et sa visite assistaient à notre départ sur leur balcon. Ça se présente plutôt bien. Les Jos-Louis n'ont pas gaffé. Bobonne leur avait conseillé de se taire et ils l'ont fait.

Pierre a clôturé l'événement par un chant. Fier comme un roi, il a chanté notre bonheur à tous. Le chauffeur le regardait dans les yeux en se tenant aussi droit qu'un piquet de clôture. On aurait dit qu'il entendait un hymne national. J'étais vraiment très fière de mes deux coqs. Et pour dire franchement, la soirée s'annonçait si bien que j'en avais la chair de poule.

Comme j'ai juré à Pierre et à Momo de ne jamais décrire le cocorico dans mon cahier, je me tais. Juré, c'est juré. Et le cocorico, c'est privé.

Chapitre IV

Puis le bonheur s'est répandu de nouveau sur nous comme du bon lait. Et parfois, juste respirer, manger et s'y laisser glisser suffisaient à nous combler. Surtout que Momo y consentait enfin, et c'était merveilleux. Mais le hic est là. Il se passe tout plein de choses autour de nous et on doit composer avec. On viendra me dire après qu'on peut contrôler quelque chose dans cette vie ! Ça, c'est des idées toutes faites pour les vendeurs d'idées. Et il se trouve que je n'ai pas les moyens de me payer pareilles pensées. C'est vrai ! On fait tout pour prévoir, et vlan ! En un rien de temps, tout est démoli. Mais c'est comme ça, le bonheur. Ça vient, ça part et ça revient. Faut juste le saisir quand il passe et comprendre qu'il n'avertit personne.

On cherchait surtout le calme. On avait eu notre lot d'activités le printemps dernier avec les voisins et notre seul désir était de sentir les jours couler plus doucement. D'ailleurs, ils s'installaient si bien depuis un mois qu'ils donnaient l'impression de simplement s'emboîter les uns dans les autres. Aussi naturellement que la vie se lève tous les matins. Et notre petit bonheur savait qu'un jour il deviendrait grand. On l'entendait pousser, respirer même. Il avait donc repris vie sans trop de difficulté. Momo ne cessait de répéter la fragilité du bonheur. Il disait qu'il suffit qu'un jour on l'oublie pour qu'il nous file entre les doigts. On ne voulait pas que ça arrive. On était tous décidés à le protéger et rien ne serait négligé pour le garder. Rien. Alors on s'est distribué des tâches. Il fallait s'occuper pour ne pas sombrer avec la Petite Survivance. Car plus les petites joies nous prenaient la main, plus la Petite Survivance semblait s'éteindre. C'était si triste chez le Proprio. Si triste. J'ai beau chercher des mots pour décrire, je n'en trouve pas, ou plutôt ça me reste pris dans la gorge. « N'y pense pas, Mylène. » J'entendais toujours ces mots dans ma tête. Si c'est ça l'impuissance, je le jure ! C'est insupportable.

Pour oublier, nous consacrions le plus clair de notre temps à caresser nos rêves. De plus en plus, Momo s'habituait à l'idée : sa collection de ponts ne pourrait pas nous procurer l'argent nécessaire à l'achat de notre ferme. Même si elle était belle, elle rapportait tout au plus quarante-neuf dollars par année. Une collection ingénieuse qui flattait mon orgueil tout autant que Bébé qui commençait à se tenir droit sur ses pattes. Et chaque fois qu'il voyait son papa-mi coller ses bâtons, je me réjouissais de la joie qui courait sur son visage.

Le bonheur n'existe jamais sans les larmes. En tout cas, pas pour nous. Chacun son tour, on a eu notre petit bouillon. Ça nous prenait subitement et nous renversait d'un seul coup. Probablement que le bonheur est émouvant. Momo disait ça chaque fois qu'il s'assoyait sur la galerie en se bandant les yeux pour ne pas voir la Petite Survivance et les Proprios. Mais on ne pouvait pas le blâmer, on avait tous le cœur froissé et on comprenait.

Donc, pour revenir à nos tâches, Pierre avait la responsabilité de surveiller les rabais dans les circulaires. Il y en avait d'étonnants. Et comme nous pleurions souvent, il nous fallait des kleenex. Avant, on se mouchait avec du papier-toilette mais, maintenant qu'il gagnait quelques sous grâce à son chant, on pouvait s'offrir des kleenex. Un jour, on s'est tous rendus chez Wallmark. Il nous arrivait de nous payer des folies, d'ouvrir sur la dépense comme on prendrait un profond respir dans le grand large je dirais. Même que, parfois, quand le bonheur nous étreignait trop, on comptait jusqu'à trois et on poussait un cri pour notre soulagement.

Pour dire franchement, on voulait surtout pas que le monde de Bébé se limite à notre galerie, alors nous est venue l'idée de lui en montrer d'autres. Et ce jour-là, c'étaient les Galeries de la Capitale. Bébé venait d'avoir sept mois et son degré de compréhension nous étonnait.

Le seul chagrin que j'éprouve quand je pense à lui, c'est qu'il ne dit pas encore *maman*. Il dit *a a*, pour *papa*, mais jamais encore il n'a trouvé de jargon pour *maman*. J'ai peur de ne pas être importante pour lui. Qu'il ne comprenne pas à quel point je l'aime, et cette pensée me chagrine. Pierre et Momo me rassurent. Ils disent que ça viendra. J'ai si hâte.

Pour cette sortie, on avait loué une caméra récupée aux Jos-Louis et, pour les empêcher de nous suivre, on leur a dit « NON, NON, NON » en poussant trois bons respirs synchronisés. Pas question qu'ils viennent avec nous. Les manèges des Galeries, on voulait les voir en famille. Il faut bien se garder des plages pour le bonheur de notre tricouple.

Bobonne et les Jos-Louis nous ont regardés partir avec une certaine humidité dans les yeux. On leur a envoyé des baisers volants jusqu'à disparition complète de la vue. « Faut c'qu'y faut », que disait Momo en nous retenant par le bras pour ne pas que l'on cède à notre envie de reculer. Pierre et moi, on prenait tellement chagrin pour eux. Momo pensait qu'il fallait que ça cesse. Je l'ai dit, les idées, c'est lui. Et quand il en a une, on l'adopte. Pour lui, la santé de notre tricouple passait d'abord par l'intimité. Et c'est pourquoi on s'obligeait à sortir, malgré le triste paysage qui se profilait chez nos Proprios. Pour dire ce qui nous chagrinait tous, la Petite Survivance passait de stage d'hôpital en stage d'hôpital, et ça laissait un bien grand vide. C'est incroyable comme ses départs nous troublaient. J'étais comme un seau percé. Rien ne parvenait à remplir le vide laissé par son absence. Rien. Chaque fois que je berçais Bébé, la peur de le perdre dans cette absence me chamboulait. Et si la maladie était aussi contagieuse que le bonheur ? Cette question-là, je la gardais pour moi. Je la ravalais.

À propos de nos tâches, j'ai oublié de dire que mon rôle à moi, c'est la trésorerie. Dans tous les sens du terme. Pour tous les trésors de ma vie et aussi pour l'argent. J'assumais cette responsabilité. J'écrivais toutes les dépenses et je rendais compte de nos finances une fois par mois. J'accomplissais le tout officiellement. Mon crayon de plomb et ma petite feuille genre mini-golf me suivaient partout. La règle était simple : personne ne dépense un sou sans que je sois mise au courant. J'écrivais tout à mesure pour ne rien oublier, et Bébé apprenait l'importance de bien tenir un budget. L'éducation passe par l'exemple, que dit toujours Momo.

Après notre longue série de bye-bye déchirants à Bobonne et aux Jos-Louis, nous avons pris l'autobus. Comme la Petite Survivance m'habitait tout entière, Momo me regardait tristement en dessinant des ronds sur ma rotule. C'était sa façon de m'offrir la lune et ça me plaisait. « Faut prendre le plaisir ici, Mylène, laisse-toi bercer par le gros souffle de l'autobus. » Peu à peu, le plaisir est venu. Surtout à l'entrée de chez Wallmark. La dame à l'accueil nous a salués tellement gentiment que j'ai eu l'impression qu'elle nous attendait depuis des siècles. Et que dire des spéciaux ! Extra. Vraiment extra. Pierre s'était bien acquitté de sa tâche. Les rabais valaient le déplacement. Surtout les kleenex. Pierre a vraiment du flair. Les boîtes étaient à quarante-neuf cents. On en a acheté chacun trois, à cause de la limite. Puis, on est revenus quatre fois en prenant bien soin de nous déguiser pour ne pas que la caissière nous reconnaisse. Bébé riait si fort que tous les yeux se tournaient vers lui, et personne ne s'est rendu compte de notre jeu. On en a pris pour le Proprio et sa femme. Ils en avaient bien besoin, les pauvres. On en offrirait aussi à Bobonne et aux Jos-Louis, pour la pensée. Ça fait tellement plaisir, la pensée. Puis, on a regardé les manèges. « Un jour, on va se payer ce luxe », que j'ai dit en bonne trésorière.

Pour dire comme on est tous attachants, le quartier perdait un peu de vie quand on s'absentait. Momo insistait pour qu'on pense à des choses agréables, et c'est pourquoi nous croire indispensables nous comblait tant. À notre retour, les Jos-Louis et Bobonne nous ont accueillis avec tant d'empressement que j'ai éprouvé un certain regret d'avoir osé les quitter. Mais je n'ai rien dit à Momo. Ce sont là les réflexions qu'il refuse par les temps qui courent. Et j'aime bien garder mes petits secrets. Il en faut. Parce que, sans ça, on risquerait de se sentir déplumé en un rien de temps. Puis, un petit duvet, je me dis que ça ne fait de mal à personne.

Un jour, Momo nous a affirmé, comme ça, qu'il ne fallait jamais compter sur lui pour l'argent. Il a dit ça humblement en ajoutant qu'il excelle davantage dans le brassage d'idées. Le reste, il le laisse aux autres. Pierre et moi, on l'a aimé quand il a dit ça. On l'a trouvé grand. C'est plus fort que moi, je suis toujours émue devant quelqu'un qui reconnaît ses limites. On a sorti notre boîte de kleenex. Quand le bonheur nous touche de si près, ce n'est jamais sans un petit bouillon de larmes.

Puis, voir la mort s'installer chaque jour un peu plus profondément chez la Petite Survivance nous mettait la sensibilité à fleur de peau. C'était trop contrastant. On en venait même à se sentir coupables d'être heureux. De cajoler Bébé devant le Proprio et sa femme. Heureusement que Momo lisait. Il y a des tas de trucs à prendre dans les livres : comment on peut aimer sans se faire mal, comment on peut souffrir sans douleur, comment on peut être heureux sans se sentir coupable, comment on peut voir mourir quelqu'un sans mourir. Ça nous endormait quand Momo lisait les recettes à voix haute. Même que Bobonne ronflait tellement c'était calmant. Momo nous disait souvent que des fois le bonheur s'étiole juste à cause du malheur qui frappe les gens qu'on aime. Et le défi est de s'y faire. Parce que le bonheur, ça vient toujours quelque part pendant que ça se retire ailleurs. Alors nous, on l'écoutait. Ça nous donnait l'impression de boire à la source d'un quelque chose à naître.

Pour le chant, Pierre progressait de façon surprenante. Il chantait de mieux en mieux et de plus en plus souvent. Même que ça s'est mis à nous énerver pas mal. Quand on est sur le bien-être, on vit un stress terrible. Il faut surveiller les langues qui peuvent nous dénoncer quand on parvient à se ramasser quelques piastres pour le rêve. C'est pourquoi je continuais à tricoter des bas. Pour cacher l'argent qu'il faisait au noir. On commençait à en avoir pas mal. C'était si bon de sentir la richesse s'installer par nos bas. Pierre arrivait toujours avec cinq pièces de un dollar au lieu d'un billet, et ça, simplement pour la joie de faire sonner le rêve encore plus fort. Momo disait que le rêve se devait de vibrer. C'était un rituel et nous en éprouvions un véritable plaisir. Bébé riait, riait tout en secouant ses vingt-cinq sous dans les condoms que je tricotais avec une joie de plus en plus fébrile. Merveilleux Bébé. Il glisse si bien dans notre vie.

Maintenant que Pierre chantait cinq fois par semaine, ça devenait facile pour tous de calculer l'argent qu'on mettait de côté. Pas question de déposer cet argent à la caisse. À cause des maudites enquêtes. Mais on ne peut pas passer sa vie en pensant que les autres nous veulent du mal. Ce sont des idées comme ça qui font qu'un jour on perd confiance. Il nous fallait garder un optimisme à toute épreuve. S'accrocher très fort au rêve et ne pas laisser la peur étouffer les joies. Un morceau de confiance dans la méfiance, si je peux dire. Momo y veillait avec beaucoup de vigilance. Pierre a dit :

— Un jour, Mylène, tu vas voir, je vais chanter dans les baptêmes et les mariages. Pour le moment, c'est mieux de se limiter aux funérailles. Les gens oublient plus facilement les fausses notes. Mais tu vas voir. Un jour, vous serez fiers de moi, toi et Momo.

On l'était déjà. L'an prochain, à pareille date, on aurait mille trois cent quarante-neuf dollars d'économies, en ajoutant le montant annuel de la vente des ponts de Momo que papa achetait et empilait dans ses boîtes à souvenirs. Chaque fois que je lui montrais mes calculs, Pierre se remplissait d'un respir large comme un continent :

— Il faudra que je garde le rythme.

— Oui.

— Au moins cinq contrats par semaine.

— Oui.

— Jamais de vacances.

— Jamais.

— Que je ne tombe pas malade une seule fois.

— Non.

— Et si ça m'arrivait ? Je veux dire, si j'ai une extinction de voix ou quelque chose d'autre ?

— On prendra soin de toi.

— Peut-être qu'un jour je pourrai augmenter mes tarifs.

— Peut-être.

Les comptes balançaient à la cenne près. Par contre, j'étais toujours prête à m'ajuster aux coups du temps. Mes deux coqs le savaient. Et puis, il y avait toujours le projet de notre pièce. En supposant que le Maire de Sillery accepte de nous présenter au Maire de Québec, ça risquait de jouer dans les gros chiffres.

En attendant, il fallait compter sur la bonne santé de Pierre, celle de sa voix surtout, et nous faisions le nécessaire. Prescriptions du docteur Momo-les-idées :

une mouche de moutarde tous les soirs pour écarter les laryngites, un bas graissé de Vicks autour de la gorge chaque nuit, des pantoufles obligatoires pour ne pas prendre froid aux pieds. Quand Pierre avait les nerfs en boule, on arrêtait. Sa mauvaise humeur le rend exécrable. Ce qu'il y a de bien dans notre tricouple, c'est qu'on sait précisément où et quand s'arrêter.

– Puis après, Mylène, je vais sortir du bien-être. Quand on aura notre ferme, Momo va trouver une idée originale pour la rendre rentable. Et Bébé va pouvoir dire que ses papas-mi travaillent. Un de la tête, l'autre de la voix. Et quand il va parler de sa maman, il va dire des tas de choses sur elle et sur sa comptabilité. Tu vas voir. Tu vas voir…

Momo s'est mis à faire les cent pas. Il ne supportait pas qu'on parle de nos rêves. Il disait que les rêves ont besoin de leur intimité pour respirer. Que c'est juste par le silence qu'ils prennent vie. On n'en a plus parlé, parce que c'était sacré vu qu'il avait reçu le mandat des idées. Et puis, on s'était promis de respecter nos champs de compétence. Promis c'est promis. De toute façon, ce qui importait, c'était que notre tricouple rêve. En secret, s'il le fallait, mais qu'il rêve. Voilà.

Quand l'excitation naissait dans les yeux de l'un ou de l'autre, on se payait des fous rires incroyables. Même qu'il fallait qu'on se soulage un peu parce que c'était trop. Momo trouvait toujours l'idée qui nous ramenait la juste part des choses. On a joué à différents jeux qui comportaient leurs punitions. Un genre de jeu très pratique pour soulager notre culpabilité quand on entendait pleurer le Proprio et sa femme. Avec nos murs en carton, c'était facile de les imaginer dans les bras l'un de l'autre.

On se sentait tellement coupables d'être heureux que c'était important, très important, de se punir en jouant. Au moins, ça donnait l'impression d'une certaine justice dans le bloc. Ça rendait leur malheur et notre bonheur plus tolérables.

Je le jure, je le jure. Quand on entend les gens supplier le Bon Dieu à travers les murs, les voix ont quelque chose de pathétique. Nous, on ne connaît rien à Dieu et à ses anges. Mais on s'organise pour ne pas se les mettre à dos. Au cas où ça existerait tout ça, vaut mieux y croire, qu'on se dit. Parce qu'on court une chance de trouver la porte ouverte et d'être bien accueillis de l'autre bord de la vie. Et puis, ça compenserait les fois qu'on s'est pété la face sur des portes fermées. Ça fait du bien d'imaginer un juste retour des choses.

C'est bon pour le moral. N'empêche que Momo, Pierre et moi, on commençait à penser que le Bon Dieu et ses anges devraient se grouiller et s'occuper de la Petite Survivance. On se disait que ce serait bien si toute cette clique-là s'enlevait les doigts de leur nez et passait à l'action. On pensait ça parce qu'on n'en pouvait plus de les entendre gémir. On a beau vouloir être discrets, c'est impossible quand le chagrin des autres empiète sur le nôtre. Alors, chaque fois que la Petite Survivance partait en stage d'hôpital, on le vivait un peu comme s'il s'agissait de Bébé, et ça devenait épouvantable. On n'en finissait plus de le bercer pour la consolation.

Heureusement qu'on avait Momo. Il nous rassemblait tous sur la galerie et on jouait à la bouteille. Ce n'était rien d'original, mais je le salue bien bas d'y avoir pensé pendant que s'installait le désespoir. Quand le goulot s'arrêtait sur quelqu'un, la punition était simple, il s'agissait du jeu des marches : monter et descendre l'escalier extérieur dix fois, vingt fois, autant de fois que la punition l'exigeait. Et on l'a tous fait. Chacun notre tour. Excepté Bobonne, bien sûr. Vu l'état de ses pauvres jambes. Et puis, quand elle disait que c'était trop risqué pour elle à cause de l'espionne-au-chapeau-feutre-vert-foncé, on n'insistait pas. Prudence oblige, qu'on répliquait. Maintenant qu'elle était parvenue à rendormir sa lubie, on restait plutôt tranquilles quand elle parlait de l'espionne.

Les soirs où sa femme allait visiter leur Petite Survivance, le Proprio déplaçait son mal avec nous. Il prenait vraiment plaisir à ce jeu. « Ça vous brasse la tristesse », comme il disait. Ça nous rendait heureux de contribuer à déplacer sa peine et sa douleur. Je dois dire que Momo s'est surpassé avec le Proprio. Il lui donnait des punitions immenses. Une fois, il a dû descendre et monter douze fois avec un poids de dix livres sur les épaules. On le chronométrait. Tellement ça lui brassait les idées, il riait et pleurait en même temps. Mais il s'arrêtait toujours au beau milieu de sa punition, parce que le souffle lui manquait. Pour ma part, je pense que c'est soulageant de ne pas savoir si on rit ou si on pleure. Pendant qu'on cherche ça, on oublie un peu le reste.

Pour la femme du Proprio, par contre, c'était une tout autre histoire. Sa nervosité lui donnait un genre de calme apparent. Elle pouvait passer des heures et des heures à regarder le fixe. Alors on a fixé son fixe. Momo racontait qu'un jour, dans son enfance, le fixe avait bougé. Et on attendait la même chose. De toute façon, deux choix s'offraient à nous : attendre la mort de la Petite Survivance ou jouer au fixe. Nous préférions le deuxième choix. Nous avions tous un peu l'impression de bercer son chagrin. Il était lourd. Je pense, moi, que le temps nous ressemble. C'est vrai, parce que ce soir-là le ciel nous regardait étrangement. On aurait dit qu'il souffrait et qu'il ne savait plus comment s'organiser. Même Bébé dormait agité. On viendra me dire à moi que les bébés ne comprennent pas. Pas Bébé en tout cas. Pas lui.

Selon Momo, les premiers sentiments que quelqu'un exprime sont rarement les vrais. Il prend toutes ses idées dans les livres. Par exemple, si je me choque contre le fixe de la maman de la Petite Survivance, c'est à cause du chagrin que j'éprouve et que je ne veux pas regarder. Comme c'est plus facile de chialer, je chiale. Personnellement, je pense que si on a besoin de se défouler, on ne doit pas s'en priver. Point. Au diable les livres et tout ce qu'il y a avec. Des fois, j'en ai ras le bol des explications de Momo. Il pourrait se reposer de temps en temps. Surtout quand il s'agit de mon cas, j'aime bien passer mon tour. Pour dire franchement, la maladresse fait faire bien des gaffes. La timidité aussi. On ne sait pas parler aux gens qui ont mal. C'est pourquoi on a décidé de passer de grands moments avec la femme du Proprio, des heures je dirais, juste à regarder son fixe.

Pour ne pas que nos bruits de courses dans les escaliers et nos grands éclats de rire la dérangent, on mettait des pantoufles. Mais c'était glissant. Tellement glissant qu'une fois un Jos-Louis a déboulé. Bobonne riait comme si ses nerfs lui quittaient le corps. Et si les nerfs vont avec la pesanteur, c'est bien facile de comprendre qu'elle a ri longtemps. Ça n'arrêtait plus. Ça déferlait comme une rivière en furie. On a eu peur pour son équilibre et on en a tous pris soin. On l'a couchée et chacun d'entre nous, à tour de rôle, on a fait le guet devant sa porte. Ça nous a aidé à oublier la Petite Survivance. Deux jours après, Bobonne était sur pied. Et le plus merveilleux, c'est qu'elle se souvenait de toutes les répliques de la pièce, ce qui, bien sûr, a fait notre joie. On était contents pour elle et pour notre pièce. Je me suis demandé ce soir-là si nous étions les seuls humains de toute cette terre à aimer de façon si intéressée. Momo m'a longuement caressé les cheveux en guise de consolation.

Puis, ça nous est arrivé ! On a fait les nouvelles. Jamais on n'aurait cru qu'on passerait à la télé, nous. Jamais. C'est un accident de parcours. Faut savoir que, ce jour-là, une bombe avait explosé dans le bar de motards juste en face de chez nous. On s'habitue des fois et d'autres pas, mais c'est la vie. Comme on jouait justement aux marches les journalistes venus pour couvrir le feu ont cru qu'on était sur un choc nerveux en nous voyant descendre et monter continuellement avec nos pantoufles et ils nous ont filmés. Nous, on n'a pas nié pour le choc nerveux.

N'empêche que les journalistes ont tellement bien décrit notre énervement que tout plein de services nous ont téléphoné. Quand on est blasé par le malheur comme on l'était, on ne se rend pas toujours compte du danger et des réactions qu'il provoque. Et puis, qu'on s'est dit, ça pourra nous faire une belle publicité pour notre pièce de théâtre. Pour dire comme les gens sont généreux. Même papa et maman se sont pris de sympathie pour nous. Ils nous ont accueillis trois jours dans leur maison et ça nous faisait bien plaisir de saluer le Maire discrètement chaque matin pour ne pas qu'il oublie notre projet. Il a été gentil. Chaque fois qu'il nous voyait, il nous demandait si ça allait mieux. Il faisait de beaux guili-guili à Bébé, qui se montrait charmant comme à son habitude.

Bébé est tellement attachant que papa et maman auraient voulu qu'on reste encore une semaine. Mais la hâte de replonger dans nos affaires nous en empêchait. Surtout la hâte de savoir comment se portait la Petite Survivance. On a quand même mangé trois jours à leurs frais et ça nous a permis d'économiser quinze dollars, qu'on a ajoutés à l'argent de la ferme. Cette somme-là, on l'a mise à part, dans un bas tricoté spécialement pour la taxe de bienvenue. Nous, on se sentirait mieux si ce genre de bienvenue officielle n'existait pas, mais on n'ira certainement pas contester juste au moment d'entrer dans une nouvelle vie. On va attendre un peu, parce que, parfois, c'est préférable de passer inaperçu pour certaines choses.

À notre retour, fallait voir Bobonne et les Jos-Louis s'emparer de Bébé et lui raconter l'ennui qu'il creuse quand il s'absente. Ils en avaient à conter. Bobonne, en particulier, ne cessait de dérouler de long en large tout ce qui ne lui était pas arrivé. Et ça faisait une bien longue histoire parce qu'elle a une vie plutôt tranquille. Dès le lendemain, on a fêté chez le Proprio. La Petite Survivance était entre deux stages d'hôpital.

Juste pour dire comme la mort approche : quand on se faisait des vues avant, c'était dans le salon du Proprio. Maintenant, elle ne peut plus sortir de sa chambre. Ça la fatigue trop. Elle a même dit à sa mère que sortir de l'hôpital, c'était comme faire un très très grand voyage. Alors, on va tous dans sa chambre et on se fait des vues. On repasse toujours le même film. Parce que, pour nous, c'est le plus beau. Avec elle, on se laisse aller à raconter notre jeu des marches. On arrête le film. On remarque des tas de choses dans nos gestes. Les petites habitudes de chacun : Jos et sa manie de remonter ses lunettes à toutes les deux minutes, Louis qui se gratte la tête comme s'il avait des poux, Pierre qui répète les paroles de ses chansons un peu comme s'il radotait, Bobonne qui fout toujours son index sur la grosse varice sous son genou droit. On rit. Pour dire franchement, je n'ai pas de manies particulières. Momo, lui, il ronge son crayon. La Petite Survivance a observé que Momo et moi avions interchangé nos pantoufles. On a reculé le film. On a confirmé. Même Bébé, qui participe à toutes nos activités, semblait d'accord. Il nous regardait, nous montrait du doigt et disait ga-ga-ga en riant très fort. Un vrai beau Bébé de catalogue. Je n'arrête pas d'écrire sur lui. À croire qu'on l'a fait sur mesure. C'est épatant de voir qu'une seule minute de film peut occuper nos soirées. Et dire qu'il y a des gens qui dépensent beaucoup d'argent pour le seul bonheur de rire. Nous, on a appris à s'amuser avec rien.

N'empêche que Pierre a eu son lot d'émotions. La Petite Survivance lui a demandé de chanter à son service. Quand on s'est mis au lit, ce soir-là, la noirceur était dense. Beaucoup plus que d'habitude. Faut dire que l'air étouffait.

Elle veut des tas de ballons pour faire voler très haut dans le ciel après son décès. Elle dit ça. Alors, on souffle des ballons. Papa et maman participent à l'activité et, l'autre jour, la Municipalité de Sillery en personne est venue lui rendre visite. Un gros camion suivait la voiture du Maire. Il venait livrer une remise spécialement pour entreposer les ballons gonflés. Le Maire en a profité pour nous annoncer que notre projet de pièce était accepté. Et puis, dans le cadre du Festival de la guenille, Bobonne aura droit au titre de Reine de la guenille. Mais, le plus beau de tout ça, je ne sais pas encore le dire. C'est trop bête de sentir naître le rêve pendant que la Petite Survivance se prépare à nous quitter.

Elle veut aussi que Bébé lance le premier ballon dans le ciel. Bébé devra être dans les bras de son papa, le Proprio. On a tous accepté.

Chapitre V

C'est bleu et vert. Rouge et jaune. Blanc. Comme le jour, comme la vie. Ça tourne autour d'un pivot. Ça tourne. Et la Petite Survivance rit de toutes les forces qui l'habitent encore. Le jeu des couleurs a quelque chose de fabuleux. Elle dit qu'elle a moins peur des bleus aux fesses que laissent ses piqûres. En tant que trésorière, j'en fais le décompte. Aujourd'hui, elle recevait sa cent vingt-sixième. On garde les seringues. Momo dit qu'un jour il s'en servira pour bricoler quelque chose qui fera oublier la douleur. La Petite Survivance sourit, lui demande quoi et il répond que, pour l'instant, il l'ignore. Alors elle dit qu'il faut les jeter. Toutes.

Malgré tout, l'été se montre généreux. La Petite Survivance tient le coup. Le Proprio et sa femme reçoivent beaucoup d'aide. Un docteur femme d'un très pratique CLSC vient une fois par semaine. Montée sur des talons aiguilles très hauts, elle fait un bruit énorme quand elle marche. Momo avait remarqué que la Petite Survivance trouvait ce bruit pénible. Chaque fois que le docteur Très-Hauts-Talons faisait un pas, la Petite Survivance clignait des yeux à peu près comme le camion Fisher-Price que maman a acheté à Bébé. Momo en a glissé un mot au docteur et, depuis, elle enlève ses souliers. Selon les livres qu'il lit, les docteurs n'aiment pas la mort. Même qu'ils en ont peur. Son récit m'a émue. Heureusement qu'il lit. Quand il s'agit des autres, les analyses qu'il fait ne me dérangent pas. Même que ça m'aide. C'est fascinant la peur, qu'il ajoute, surtout quand on se garroche en plein dedans comme fait le docteur Très-Hauts-Talons.

Une fois l'histoire des talons réglée, on s'est ramassés avec un problème de valise. Le docteur Très-Hauts-Talons déposait brusquement sa valise sur le lit de la Petite Survivance. On a beau se mourir et être faible, n'empêche qu'on fait des sauts pareil. Le corps de la Petite Survivance sursautait malgré le fait qu'il ne bouge presque plus. Alors Momo est intervenu de nouveau. Le docteur Très-Hauts-Talons a mis fin à ce geste. Puis, comme s'il lui fallait absolument faire quelque chose pour ne pas entendre la mort, elle s'est mise à jouer avec ses dentiers. La Petite Survivance a fait une crise d'angoisse. Je ne savais pas qu'on pouvait hurler aussi fort que ça dans la faiblesse. Bébé pleurait tellement qu'il était inconsolable. Comme le docteur Très-Hauts-Talons ne parvenait pas à contrôler son nouveau tic nerveux, elle a choisi d'enlever ses dentiers. Elle a au moins le courage d'avouer ses faiblesses, qu'a dit Momo. Pour l'aider, Momo lui a suggéré de faire comme si la Petite Survivance souffrait d'un mal passager. Il lui a offert notre assistance et elle a accepté. C'est par les rougeurs de ses joues que j'ai constaté son soulagement. Alors on l'a accompagnée à chacune de ses visites. Elle passait devant. Pieds nus, bouche édentée, ça lui donnait l'excuse parfaite pour ne pas avoir à parler ni à rester trop longtemps.

Pour lui faciliter la tâche, on lui a proposé de s'en tenir à lire le dossier pendant que nous, on examinait la Petite Survivance. Notre examen n'avait rien de scientifique. On s'assoyait tout autour de son lit et on la regardait. Momo dit que, lorsqu'un docteur est mal à l'aise, c'est bien de le ramener au dossier de son patient. D'habitude, qu'il dit, les docteurs y pensent naturellement, mais dans le cas du docteur Très-Hauts-Talons, la sensibilité lui a fait oublier ce détail.

Peut-être aussi son attachement à la Petite Survivance.

Cette visite hebdomadaire nous apportait un grand réconfort. C'était comme si l'entrain nous revenait. Surtout la Petite Survivance, on commençait à voir des progrès. Comme Momo tenait à tout lui offrir, il a fait des recommandations très précises aux Jos-Louis, qui ont activé leurs recherches dans les poubelles pour trouver six roulettes et quelque chose qui pourrait permettre de patenter un lit roulant. Ce qui a fait sourire la Petite Survivance qui refusait de parader dans une civière. Avec ça, on pourrait la promener les jours où le soleil ne cuirait pas trop fort. Les jours aussi où son mince filet de santé lui permettrait de sortir. Le Proprio et sa femme ressuscitaient. Ils ont demandé à Pierre de se tenir en tête de la parade et de chanter haut et fort : *Ne pleure pas Jeannette*, des chansons de Cannelle et Pruneau et de la Marie-Madeleine qui est bien mal amanchée.

Le premier jour, la Petite Survivance portait pour l'occasion un très joli costume de lutin fabriqué par les doigts de fée de notre vénérable Reine de la guenille. À la demande générale, nous faisions nos promenades tôt le matin. Justement à l'heure où certains enfants devaient se rendre au terrain de jeu. Comme ça, leur papa et leur maman pouvaient faire la grasse matinée pendant que nous nous chargions de conduire leurs petits. Parfois, on pouvait se ramasser avec tout plein d'enfants et ça finissait par faire des promenades assez joyeuses. Pierre chantait si bien qu'on a même récolté de l'argent avec ce genre d'initiative. Si Bobonne avait voulu s'enrichir, elle aurait pu. On lui proposait tout plein de contrats de couture. C'est moi qui faisais les calculs et l'argent accumulé devait servir au bonheur de la Petite Survivance.

– Un jour, je te montrerai à coudre des beaux costumes, Mylène, et c'est à toi qu'on fera des propositions.

Quand elle disait ça, Bobonne, je m'imaginais cousant tous les costumes pour notre pièce et mon cœur cognait. C'est étonnant comme les choses marchent rondement quand elles se mettent à marcher. Vraiment étonnant. On a même fait une découverte tout à fait exceptionnelle en la personne de M. Oesfort. Momo disait que, selon le répertoire choisi, on pouvait aussi s'attirer des adultes. Pour l'instant, seul M. Oesfort s'est joint à nous, mais à lui seul il en vaut vingt tant il est spécial. Et il a de ces façons de regarder Bobonne !... Faut dire qu'on a tout fait pour mettre en valeur notre vénérable Reine. On l'a couronnée, on lui a mis aussi une pancarte qui dit très clairement qu'elle est la vedette principale de notre pièce de théâtre à venir. J'imagine qu'on plaisait parce que tout le monde nous regardait.

C'est bleu et vert. Jaune et rouge. Blanc. Comme le bonheur, comme l'arc-en-ciel après la pluie. Ça tourne autour d'un pivot et la Petite Survivance rit à grands coups d'éclats. C'est par son rire qu'on mesure ses forces. Et j'ai l'impression qu'elle en prend. Les parades lui font un bien fou. M. Oesfort est si fantastique que Momo songe à lui offrir un rôle sur mesure dans notre pièce. Et puis, il plaît aux enfants et à Bobonne.

Depuis que M. Oesfort fait partie du paysage, la Petite Survivance s'est mise à dessiner. On lui a fourni une vraie tablette à dessins. Ça lui a donné l'idée de se fabriquer un « cahier à parades », comme elle dit. Faut voir la page couverture, ornée d'un logo qu'elle a inventé ! Dire l'émotion de M. Oesfort quand il a constaté qu'elle s'était inspirée de lui pour ce logo m'est impossible. Elle a une imagination débordante, cette enfant-là. C'est incroyable. Seule la Petite Survivance pouvait avoir cette idée : M. Oesfort n'a plus qu'une seule dent sur sa gencive du bas. Elle a reproduit une dent, tout émincée et légèrement pourrie, exactement comme celle de M. Oesfort et l'a coiffée d'un Life Savers. Elle a dit qu'elle aurait voulu être capable de dessiner une langue qui pousse le Life Savers pour le faire pivoter autour de la dent comme une toupie. « Mais les langues, c'est difficile à dessiner. » Elle a dit ça en levant les bras et en les laissant tomber sur ses cuisses. Fallait la voir ! M. Oesfort a bien ri. Depuis, chaque fois qu'il nous rend visite, on réserve un moment pour faire tourner un ou deux Life Savers sur sa dent.

La vie est merveilleuse. La Petite Survivance prend des couleurs. C'est bleu, c'est vert, c'est blanc, c'est rouge, c'est la vie qui tourne. Momo a fait agrandir son dessin dans une imprimante qui grossit les dessins, il l'a fait photocopier autant de fois que les minces profits de nos promenades le permettaient. Chaque spectateur a droit à ce logo. Momo est fier comme un paon parce qu'il ajoute un peu de vie dans la vie de la Petite Survivance. J'en suis si heureuse. Et Bébé ! Merveilleux amour. Je ne l'écrirai jamais assez. Il applaudit en hurlant « Awa ! Awa ! » (pour bravo) chaque fois qu'il aperçoit le logo. Il aime tellement nos parades. Grimpé sur les épaules de son papa-mi Momo, il peut voir grand. Et loin. Momo dit qu'il faut lui offrir à voir. Il le faut.

Il parle encore des livres, Momo. Il explique que c'est écrit comme ça ou à peu près : il suffit d'un événement pour que d'autres s'enchaînent. Dans notre cas, rien n'est plus vrai. Tout a commencé par l'histoire du dentier du docteur Très-Hauts-Talons. A suivi la création d'un logo grâce à notre rencontre fabuleuse avec M. Oesfort, et ça n'arrête pas depuis. Bébé a même grossi les rangs des édentés. En ce qui le concerne, c'est plutôt mignon. Il a percé deux dents. C'est tellement beau. On dirait deux petits points de dentelle blanche sur un ruban rose.

Le passage des dents dans nos vies, ça ressemble, en fin de compte, à ce que bien des gens vivent dans leur quotidien. Mais quand ça nous arrive à nous, c'est toujours un peu différent. Surtout quand le vent se met à tourner du côté de la joie. Parce que ce genre d'enchaînement entraîne plutôt le malheur d'habitude, que précise Momo. Mais il y a une ombre au tableau. Pierre. Il a de ces réactions inattendues par les temps qui courent, je ne le reconnais plus. Momo prétend qu'il est jaloux parce qu'il n'a plus la vedette. Il dit que pareille crise est plutôt normale dans le parcours des chanteurs. Disons aussi que l'argent qu'on récolte de nos promenades lui enlève un peu de son pouvoir. Et Pierre s'entête à répéter sur tous les tons que nos spectateurs se contenteraient d'entendre chanter n'importe qui tellement ils nous aiment. Je voudrais bien lui répondre qu'il se trompe, mais il a raison. Même que, bientôt, on sera en mesure de louer un autobus pour tous nos promeneurs, et c'est un projet qui nous emballe. On commencera notre parade en face de chez papa et maman, et du Maire par conséquent. Juste m'imaginer qu'on ira se promener dans les rues de Sillery, je ne sais pas exactement pourquoi, ça me donne l'impression d'entendre les pulsations de la vie. Bobonne a promis de sortir ses gros sous pour la circonstance. On terminera notre sortie dans un restaurant huppé de Sillery. Ce sont là des projets qui nous excitent. Même le Proprio et sa femme sont resplendissants. À croire que le fixe a fini par bouger.

C'est vrai que ça ne me servait à rien de chialer contre la femme du Proprio. J'avoue. C'est vrai aussi qu'une fois que j'ai eu décoléré à propos d'elle, j'ai vu que mon chagrin était pas mal gros, merci beaucoup. Ça braillait plutôt fort en moi. Je ne l'ai pas dit à Momo, mais il avait raison. Des boules d'angoisse comme celles de la maman de la Petite Survivance, ça ne défige pas d'un coup sec. Il faut du temps pour le respir du fixe. C'est juste après qu'il peut bouger. Pas avant. Cher Momo.

Comme si on n'avait pas mérité de se reposer un peu le génie, Pierre multipliait ses crises de jalousie. Pas question de lui laisser gâcher le plaisir de nos promenades, c'était très clair pour nous. Oh non ! Il en était rendu à rêver de partir à la Momo. À rêver de découcher. « Pour les imitations, que j'ai répondu, tu ferais mieux de t'en tenir aux chanteurs. » Il n'en a plus reparlé. Point. On a choisi d'ignorer ses petites manigances, même si elles nous inquiétaient.

Je dois dire que la déprime me revient. J'essaie de garder mon moral à la hausse. Pour Bébé. Je fais tout pour le distraire, je mets ma robe des jours heureux, je monte sur la table et j'exécute des pas de ballerine. Ça marche. Bébé s'endort en toute confiance. Il en faut pour les enfants. Il en faut tant. Et je ne veux pas que Bébé sache que son papa-mi Pierrot vire un peu du bord de la calotte. Je veux aussi que toute ma tendresse pénètre son petit corps. Après l'avoir couché, je prends mon bain trois fois. La première fois pour me laver, la deuxième pour me relaver et la troisième pour me re-relaver. J'espère que je ne suis pas en train de rechuter. J'ai tellement eu de mal à guérir de ma dépression résidentielle. Par tous les pores de ma peau, je refuse de frotter et d'astiquer comme au début du printemps. C'était si terrible.

Quand j'ai vu papa sortir seul de son auto et monter les marches, j'ai cru que l'heure était grave. D'autant que ce n'est pas facile de discuter avec lui sans la présence de maman. J'aurais voulu avoir le temps de faire signe à Bobonne de venir nous rejoindre, Momo et moi, histoire de créer une petite diversion, mais papa m'a prise au dépourvu. Il prétend que Pierre a une chute nerveuse. À cause des responsabilités qu'il porte sur ses épaules comme seul pourvoyeur. Moi, je trouve qu'il les porte plutôt dans sa voix. « Parfois, il y a du monde qui réagit comme ça, qu'il a dit. C'est comme s'ils n'avaient pas les nerfs assez solides. » Papa était vêtu d'un gilet bleu avec des points de différentes couleurs dans le tricot. Je regardais les points dans l'espoir qu'il finisse son discours.

J'avoue que je tolère assez mal que papa se mêle de mes affaires. Mes deux coqs et moi, on s'arrange. En général, ils me conviennent comme une paire de pantoufles. Même si Pierre fait des siennes par les temps qui courent, ça ne regarde que nous. Et les remarques de papa ne m'atteignent pas. Momo non plus, si j'en juge par son silence. Il n'a pas ouvert la bouche une seule fois. Tant pis pour papa s'il était mal à l'aise. Ça lui montrera que mes deux hommes se tiennent. Je lui ai quand même offert un bol de Spécial K. et il m'a dit, sur un ton colérique, que je ne devrais pas acheter ces céréales. Il a ajouté que Pierre était un cas assez spécial merci et que Momo et moi, on ne donnait pas notre place non plus. « C'est justement pour ça qu'on en mange », que j'ai répliqué.

Après son départ, je me suis brossé les dents quatre fois et j'ai fini par m'endormir. Le lendemain, Momo et moi, on sombrait dans une très profonde inquiétude. Depuis le début de notre vie à trois, c'était la première fois qu'on sentait l'équilibre de notre tricouple si fortement menacé. Pierre n'était pas rentré. On a mené notre petite enquête auprès de ses connaissances. Personne ne l'avait vu. Comme il devait chanter à l'église de notre paroisse, nous sommes tous partis. Momo devant avec Bébé dans les bras, moi, les Jos-Louis et Bobonne. Les Proprios et leur Petite Survivance résistent difficilement à l'envie de se joindre à nous, surtout depuis que la petite a pris du mieux. Cette fois, c'était le Proprio qui fermait la parade. On a même cueilli en passant quelques voisins, dont M. Oesfort. Au total, nous étions dix-huit à entrer dans l'église. Pierre n'y était pas. Ce qui, bien sûr, ajoutait au chagrin déjà très gros des chagrinés en deuil qui reculaient l'heure du service en espérant que Pierre arrive. On s'est tous avancés vers le curé pour s'informer si Pierre s'était rapporté et le curé nous a regardés de travers. À croire qu'il nous tenait pour responsables de la mort du défuntisé. J'ai répliqué que ses manières étaient inacceptables pour la simple et bonne raison qu'avant que nous soyons en vie, mes deux hommes et moi, le monde mourait pareil. Non mais, faudrait quand même pas trop en mettre sur le dos de ceux qui en supportent déjà pas mal.

On est repartis bredouilles. En chemin, on s'est arrêtés au Bedon Rond pour tenir un caucus autour d'un verre d'eau. Il y a des jours où, vraiment, on dirait que le monde se donne le mot pour être de mauvais poil. La serveuse avait l'air aussi bête que le curé. Elle aurait dû rester dans son lit, celle-là.

Quand on est rentrés, Momo et moi, Pierre était couché. Il dormait comme un enfant, on l'a secoué. On l'a brassé. On a exigé qu'il se lave, qu'il s'habille et se rende à l'église pour respecter ses engagements. Pour l'encourager, on est repartis avec lui et la gang qui nous attendait dehors. Après son *Ave Maria*, on s'est fait un devoir de l'applaudir dans un genre d'ovation. Il a pleuré de joie. Momo dit qu'il faut passer à une autre étape maintenant. Si l'indifférence ne suffit pas, il faut faire tourner le vent. Alors, on le fait tous. La Petite Survivance aussi. Elle n'arrête pas d'applaudir à chacune de ses chansons dans nos parades. Elle dit que, si les adultes sont plus enfants que les enfants, il faut que les enfants soient plus adultes. Son papa et sa maman l'ont regardée avec tant d'amour et de fierté que j'en tremblais. Les choses se sont replacées assez bien, je dirais. Quant à Pierre, Momo et moi : petit cocorico ce soir-là. Point.

Quelques jours plus tard, l'autobus nous attendait devant le bloc. C'est incroyable le nombre de personnes qui sont venues pour notre sortie officielle à Sillery. Papa et maman nous ont accueillis à bras ouverts. Quand ils me serrent tout contre eux, j'en oublie les courants froids qu'on a traversés. Le Maire, sa femme et sa visite nous ont regardés avec une étrange fascination. J'ose même penser que le Maire s'ennuie quand nous sommes trop longtemps sans venir. Sa façon de nous observer, d'envoyer des bye-bye à Bébé et à la Petite Survivance en disait long.

Momo insistait auprès de Bébé pour qu'il lui rende ses bye-bye. Bébé ne comprend pas toujours l'importance de ces gestes, mais il répond admirablement bien à nos demandes. Il a même envoyé un baiser soufflé au Maire. De son côté, le Maire donnait l'impression d'avoir des ailes quand il lui a retourné un baiser volant.

Momo a pris papa à part. Ils sont entrés tous les deux dans la maison et, à leur sortie, surprise ! Momo tenait un drapeau du Québec. Pour une fois, Momo n'avait pas eu une bonne idée. Les Jos-Louis ont offert un spectacle saisissant au Maire. Ils ont vérifié ses connaissances historiques, comme ils ont dit. Le Maire a cru qu'ils jouaient un extrait de notre pièce, mais leur dispute était tout ce qu'il y a de plus réel.

— J'te dis qu'avant, c'était une grenouille sur ce drapeau-là. Ils ont laissé trop longtemps le drapeau à la pluie et la grenouille a détrempé. C'est mon père qui m'a dit ça. Et si mon père le dit, mon père le sait.

— Ton père, c'est pas une référence, il a passé sa vie à Giffard.

— Laisse mon père dormir en paix, toi ! Demande à M. le Maire. D'mandes-y. C'est un artiste qui a trouvé le drapeau. Y s'est servi des pattes de la grenouille, de son corps, et pis... Ç'a donné ça. Une fleur de lys.

— Vas-tu finir par me crisser patience avec tes vieilles niaiseries !

Le Maire applaudissait et ne les quittait pas des yeux. On pouvait deviner son bonheur d'être dans le secret des dieux à propos de notre pièce. Et pour qu'il continue à croire à un extrait, M. Oesfort est intervenu. Les Jos-Louis l'aiment tellement. Faut dire que M. Oesfort a exercé le même genre de travail qu'eux quand il menait une vie plus active. Et ces affinités-là, ça rapproche les gens. Il les a sortis du groupe pour les disputer sérieusement. J'ai beaucoup aimé quand il leur a demandé de lui expliquer si les grenouilles, dans la vraie vie, pourraient être en maudit contre les fleurs. Les Jos-Louis l'écoutaient religieusement et M. Oesfort respirait à grands coups pour se gonfler à bloc et poursuivre :

— Bon. Z'allez m'expliquer pourquoi-sé faire qu'un drapeau aurait pas d'allure si une grenouille avait passé dessus avant une fleur.

Les Jos-Louis auraient pu avaler une mouche. Ils ne trouvaient rien à répondre. C'était évident : M. Oesfort avait le gros bout du bâton. Il s'est approché plus près d'eux pour les sermonner. Il les a regardés dans le blanc des yeux, leur a montré la Petite Survivance du doigt et leur a dit de réfléchir un peu. Il a ajouté que, si la Petite

Survivance mourait aujourd'hui, l'histoire du drapeau n'aurait pas d'importance. Puis, il a dit que personne ne sortirait vivant de la vie et que c'est pour ça qu'il ne faut pas niaiser comme ça. Quand les Jos-Louis ont répondu oui ensemble, il a beurré encore plus épais.

Il m'a beaucoup impressionnée, M. Oesfort. Surtout quand il a regardé Louis en plein dans la rondeur de ses pupilles et lui a conseillé fortement de s'en retourner chez eux tout seul, de s'asseoir sur ses boules, puis de jongler sur ça. Bobonne et moi, on faisait oui de la tête. Ça nous a valu un applaudissement du Maire. Il n'entendait rien, mais il reconnaissait le sérieux de notre troupe. On lui a adressé un petit sourire en guise de remerciement, Bobonne et moi. Ensuite, M. Oesfort a dit à Jos de parader avec nous et avec le drapeau. Même que ce serait lui qui le porterait. Jos a failli avaler sa langue. On l'a vu rougir pas mal rouge. Il a dit à M. Oesfort qu'il n'habite pas au Québec, lui, mais au Canada. Que c'est Louis qui capote au sujet de ce drapeau-là.

— On va tchéquer ça comme y faut, mon ami. Saint-Sauveur, c'est ben un quartier de la ville de Québec ? Pis, m'est avis que Québec, c'est une ville pas négligeable de la province de Québec.

Ça continuait. C'était de toute beauté. Il a expliqué à Jos que, s'il voulait faire tourner le vent en politique, c'était son problème à lui. Nous, on voulait juste une subvention du Maire. Puis, il lui a ordonné de s'excuser auprès de la Petite Survivance à cause du p'tit bonheur brisé et aussi auprès de notre vénérable Reine, parce que leur dispute gâchait son plaisir, vu qu'elle nous avait payé une si belle sortie. Et après, M. Oesfort a allongé la liste des « excusés d'obligation ». J'étais d'accord sur tout ce qu'il disait. J'approuvais de la tête pour l'encourager. Il lui a fait voir la réalité à propos du rêve qui n'est pas une amanchure facile à comprendre.

– À part de t'ça, supposons que Momo pis toute la gang de théâtre font pas mal d'argent avec la pièce. Qui c'est qui te dit, toi, qu'on pourra pas partir tous ensemble vivre dans un genre de communauté de blé d'Inde ou bedon d'autre chose ? Me serait d'avis que, quand on n'est pas capable de répondre à des questions comme ça, ben, on est mieux de se la fermer, O.K. ?

Premièrement, Jos ne s'est pas excusé. Deuxièmement, il n'a même pas tenu le drapeau, vu qu'il aurait pu en mourir. C'est mon opinion. Il a discuté longtemps avec le Maire avant de nous quitter. J'imagine qu'il est rentré chez lui jongler avec Louis. Le Maire lui a promis qu'il ferait une petite recherche à propos de l'histoire de la grenouille. Par délicatesse, il a ajouté que les artistes sont surprenants des fois et qu'il vérifierait l'exactitude de tout ça.

Papa et maman n'ont pas voulu nous accompagner. Assister au départ leur suffisait amplement. Un goéland a déposé sa chiure sur la calvitie de papa au moment où il parlait. Bébé a tellement ri. *Owo ! Owo !* qu'il criait (il voulait dire oiseau) en pointant papa du doigt. Parfois, quand je le regarde, c'est comme si je le voyais pour la première fois. J'en ai le souffle coupé tant l'émotion me gagne. Comme si cet amour était trop grand.

Pierre chantait, poussait sa voix. Il s'arrêtait là où les spectateurs se rassemblaient sur notre passage. On a récolté cent beaux dollars. Et quand on a mangé au restaurant huppé grâce aux gros sous de Bobonne, on a offert les cent dollars au Proprio, à sa femme et à leur Petite Survivance pour un grand rêve : le Cirque du Soleil, une première sortie de famille jamais imaginée possible pour eux.

C'est bleu, c'est vert, c'est rose. C'est l'été qui s'achève, qui tourne et repart. Il fait bon vivre. La Petite Survivance nous étonne. Nous nous surprenons parfois à penser que la vie l'emportera sur son mal. Elle retrouve de la vigueur. Les médecins disent que c'est phénoménal. Ses stages à l'hôpital sont de plus en plus espacés. Son hôpital vit un grand dérangement. Il accepte mal nos visites. Mais nous, on fait tout en gang. On lui apporte des soupes aux légumes, on amuse les autres enfants. M. Oesfort, fidèle à son petit spectacle, fait rouler son Life Savers sur sa dent en le poussant avec sa langue devant des spectateurs en proie à des fous rires incroyables. Bébé nous accompagne toujours.

C'est bleu, c'est vert, c'est jaune… La vie tourne au rythme de Bébé qui pousse. De Pierre qui chante et de Momo qui n'en finit plus de prendre des morceaux de notre vie pour les intégrer dans notre pièce. Quand Pierre chante, les fauteuils roulent dans le salon des visiteurs, les civières s'animent et les regards s'allument. Il chante de mieux en mieux. Sa technique est presque parfaite. Son répertoire plaît. On met du temps à comprendre que les crises ont leur importance et qu'il faut les vivre, que dit Momo. Il a encore lu ça dans les livres.

Chapitre VI

Pierre berce Bébé, il lui chante la berceuse que maman me chantait, que sa mère et celle de Momo fredonnaient. Bébé fait une amygdalite et ses cheveux blonds collés sur son petit front bouillant lui donnent une allure angélique. C'est fort, cet amour-là. Si fort.

— Réchauffe le cœur blessé de papa-mi avec ton petit front brûlant, que lui dit Pierre avec ses yeux pleins de tendresse.

Tout à l'heure, la Petite Survivance est venue lui offrir deux ballons. Elle commence à les distribuer peu à peu, c'est signe que la vie reprend. Ses yeux sont plus beaux que jamais. J'ai honte de le dire, mais j'ai peur que les ballons portent malheur à Bébé.

Fallait voir les Jos-Louis et le Proprio ouvrir la porte de la remise municipale ou presque. D'abord, le Proprio a ouvert juste assez pour permettre aux Jos-Louis de glisser un filet immense patenté avec leurs cochonneries. Le Proprio se plaisait dans son rôle d'instructeur. Ça se voyait. Pour empêcher les ballons de sortir, il leur faisait monter le filet un peu plus vers la gauche, descendre plus encore, monter encore un peu, ça ne finissait pas. Les Jos-Louis ont réussi à retenir tous les ballons avec leur filet. Le Proprio en a sorti quatre et les a remis à sa Petite Survivance. Ils sont vraiment forts sur les inventions quand ils s'y mettent, ces deux-là.

Dès que Bébé reprend un peu de forces, Momo dessine avec lui. Il tient sa petite main bien à plat sur une feuille et trace le contour de ses doigts. Il parle à voix basse. On dirait des émotions chinoises, on ne comprend rien. Bébé les décode mieux que nous, je crois. Il a le cœur dans l'eau, notre Momo. Il dessine aussi des nuages. De tout petits nuages. Dans ces nuages, une maison, des arbres, une rivière et un soleil. Une femme aussi. Avec des cheveux bruns et de grands yeux verts comme un lac qui prend des arbres à tour de bras. Toujours le même personnage. À Bébé, il dit que c'est pour elle qu'il fait des ponts. Pierre et moi, on a le cœur qui froisse juste à les regarder. On sait que ce dessin cache un grand pan de sa vie.

Le docteur Très-Hauts-Talons est revenue ce matin. Elle n'en croit pas ses yeux elle non plus. Chaque fois qu'elle rend visite à la Petite Survivance, elle s'exclame : « Mais c'est un miracle ! » Surtout que les stages d'hôpital s'espacent. Des fois, je pense que son regain de vie est dû, en partie, à nos activités. Peut-être aussi à l'amour que tout le monde lui donne. Sa maman espère de tout son cœur le miracle, mais on dirait qu'elle n'ose pas trop y croire. À cause du chagrin qui risque de lui revenir plus fort après, que nous explique de long en large le Proprio en s'étirant les bras. C'est pour ça qu'elle garde encore le fixe de temps en temps. Mais je peux dire qu'elle nous manifeste une reconnaissance sans bornes, elle nous remercie de mille et une façons.

Tellement que j'ai toujours hâte de l'entendre monter les marches pour recevoir son cadeau. Hier, elle nous a apporté un casse-tête flambant neuf, elle ne regarde pas sur la dépense pour nous. Ses yeux sont toujours rivés sur Momo. Elle aime ses idées et sa façon de faire goûter à sa Petite Survivance le peu de vie qu'il lui reste. Il a raison d'être fier, notre Momo. Il a raison.

La Petite Survivance dit qu'elle ne pourrait pas nous quitter sans avoir nommé Bébé. Elle veut tout savoir sur lui avant de partir. Elle suggère un concours de noms partout dans le monde. Parce qu'il n'y a rien de trop beau pour Bébé, qu'elle dit. Momo et elle ont composé une annonce à faire paraître sous peu dans le journal *Le Nuage*. J'ai attendu d'être seule avec Momo pour lui demander de retarder le plus longtemps possible ce projet, je ne peux pas imaginer que la Petite Survivance puisse préparer son départ. J'ai trop besoin d'elle. Momo m'a promis de ne rien entreprendre sans mon consentement. Merci, j'ai dit. Merci beaucoup.

Ils ont convenu que la responsabilité de la correspondance reviendra à la Petite Survivance. Un beau projet, que dit Momo, très honoré de son titre de superviseur. Il en faut un, surtout que la Petite Survivance ne sait pas encore lire et écrire toutes les lettres de l'alphabet. « On inscrira tous les noms suggérés dans l'album de Bébé, Mylène. Quand il sera grand, il ne pourra jamais douter de l'amour qu'on lui a porté. » Et quand Momo dit ça, des soleils dansent dans ses yeux. Je l'aime. Pour l'heure, il est en haut avec Bobonne sur la galerie. Ils discutent théâtre. Momo lui conseille d'approfondir ses enquêtes sur l'espionne-au-chapeau-feutre-vert-foncé et de l'informer des résultats. Comme

M. Oesfort jouera le policier chargé de l'enquête, les idées repartent. Les crayons s'activent tellement qu'ils en rougissent. Surtout depuis que M. Oesfort et Bobonne savent qu'ils tomberont amoureux dans la pièce. M. Oesfort a beaucoup d'enthousiasme pour cette partie du scénario. Bobonne aussi d'ailleurs. La pièce s'arrête là pour l'instant. Je le dis comme je le pense, la vie sans Momo ne serait pas la vie.

Et je commence à en avoir ras le bol de la femme du Proprio et de ses léthargies ! « Pourtant, votre Petite Survivance va mieux. Même le docteur Très-Hauts-Talons n'en revient pas », que je lui dis. Elle répond toujours que le temps a le dernier mot et qu'on lui doit un très profond respect. C'est quand même interminable, le fixe, quand ça vous tient. Je n'en reviens pas. Une chance que j'ai Bébé ! Je le brasse pour qu'il se passe quelque chose. Il pleure enfin ! C'est pratique un Bébé pour casser les silences. Je le prends dans mes bras. Lui chante *Au clair de la lune*. D'autres chansons. J'en connais des tas. Je l'embrasse en faisant des « prout prout prout prout » sur son ventre. Il rit et pleure en même temps. Je mets tellement d'ardeur à le lever dans les airs. À jouer à la bibite qui monte, qui monte. À le relever, le redescendre rapidement, le relever encore. Bébé vomit, je m'excuse auprès de la femme du Proprio. Qu'elle en finisse seule avec son fixe. J'ai atteint mes limites. Je monte les escaliers à la course. J'ai peur d'avoir exagéré en brassant Bébé. Il est resté fragile depuis son amygdalite. J'ai peur de l'avoir fait vomir, sans le vouloir, pour en finir avec le fixe. J'espère que je me trompe.

Déjà quatre jours que papa et maman ne sont pas venus nous voir. Ils me manquent tellement. Je dois avouer que les peurs me reprennent. Maman éprouve certains malaises au ventre et elle doit se reposer. Elle vieillit, qu'elle dit. Et puis, elle croit que c'est bon d'espacer un peu nos rencontres. Elle parle du cordon ombilical qui n'est pas encore coupé entre nous et de ses pâtés au saumon qu'il faut qu'elle prépare. Je lui ai fait jurer qu'elle aimait Bébé aussi fort qu'avant. Elle a juré. Parce que, si ce n'était pas le cas, que j'ai dit, je ne m'en remettrais pas. Il est si mignon. Si adorable. Il mérite tellement d'amour. « Encore plus que tout ce que tu viens de dire, Mylène », qu'elle a ajouté. Ça m'a rassurée.

Faut dire que depuis l'explosion du bar en face de chez nous, Pierre a décidé de défier ses peurs. L'autre soir, il a chanté au bar du coin, chez l'autre gang des motards. Il a chanté : « Feu feu joli feu, ta chaleur nous réjouit. » Et comme si ça ne suffisait pas, les Jos-Louis ont passé le chapeau après sa prestation. J'ai disputé Pierre. Je lui ai dit ce que je pense, moi, des chapeaux qui se trimballent sans tête pour les porter. Je sais qu'ils finissent toujours par trouver preneur et ça me fait peur pour Pierre. Il est si naïf. C'est la faute à ces deux imbéciles de Jos-Louis aussi. Ils ont gagé que Pierre n'avait pas assez de couilles pour chanter ça. Ils ne perdent rien pour attendre, ces deux-là ! Je leur réserve un chien de ma chienne. Sans parler du trouble que ça me donne pour cacher cette histoire à Bobonne. Je n'ai pas les nerfs assez forts pour endurer une autre de ses lubies, que j'ai dit. Ils m'ont tous promis le silence. Je leur ai finalement pardonné, vu qu'ils m'ont remis un gros cent dollars. J'ai serré l'argent dans le bas de la taxe de bienvenue.

Je crois que Pierre fait une autre crise de vedette. Faut dire que le succès, quand on n'en a pas l'habitude, ça risque de vous monter à la tête. « Quand on va avoir un vidéo, que Momo dit, on va louer des films sur les vedettes qui tournent mal. Il y en a qui se droguent, Mylène, d'autres qui boivent. Ça va nous aider à comprendre et surtout, on va pouvoir prévenir. » Ça m'a soulagée de savoir qu'il se préoccupait du succès de Pierre. Même qu'il se propose d'emprunter des livres à la biblio qui traitent de l'ego et de toutes les patentes qui font faire des crises aux artistes. Je pense que Pierre a peut-être peur du succès, et je l'ai dit à Momo. « On verra, Mylène. On examinera tout ça à la loupe, toi et moi. »

Et du succès, il en a, notre Pierre. Tous les dimanches, notre spectacle à ciel ouvert attire des foules de plus en plus grandes. Les gens apportent leurs chaises. S'assoient sur les trottoirs, dans la rue pendant qu'il chante, pendant que Momo siffle en faisant ses ponts, pendant aussi que tous, chacun à sa façon, on s'offre en spectacle. Bobonne et M. Oesfort dansent. Papa et maman aussi (quand maman lâche son cordon ombilical ou ses pâtés). On se croirait dans un film. Le Proprio, sa femme, la Petite Survivance et moi, on dessine, et les Jos-Louis se tiennent à leur table de cochonneries. On dirait de vrais commerçants. On joue à tour de rôle à s'émerveiller et à leur acheter beaucoup d'objets pour encourager les spectateurs à en faire autant. Ça finit toujours par rapporter un peu d'argent. Pour sa part, Bébé n'a pas d'autre rôle que celui d'être Bébé. Momo dit qu'on pourrait apprendre beaucoup sur la simplicité en regardant les enfants. Et c'est vrai que Bébé est merveilleux. Si magnifique. Surtout depuis qu'on lui a offert une grosse balle de foin pour se rouler sur la galerie. Il sent le foin et notre ferme à plein nez. C'est bon à vous couper le souffle.

À croire que je suis la seule à avoir un passé. Parfois, j'aimerais que mes deux coqs parlent de leur enfance, mais j'observe la règle. Aucune question sur le sujet. C'est sans doute pourquoi papa et maman occupent une si grande place dans notre vie. Surtout depuis qu'ils manifestent du respect envers notre tricouple. Mais hier, maman m'a expliqué au téléphone qu'ils recommencent à avoir un peu de mal à comprendre notre façon de vivre. « On essaie, qu'elle a dit. On essaie, Mylène. » J'avais le cœur dans l'eau juste à les imaginer comme au temps où ils n'acceptaient pas notre tricouple. Ils faisaient de très grands gestes avec leurs mains au-dessus de leurs têtes en disant : « C'est difficile, Mylène. Difficile. » C'étaient des gestes immensément grands. Je ne peux pas oublier. Ça m'a permis de lire entre les lignes, j'ai pensé que maman avait eu vent de l'histoire de Pierre et des Jos-Louis dans l'autre bar de l'autre gang des motards. Mais maman m'a juré sur tous les tons que s'ils ne venaient pas nous voir ce n'était pas pour ça. C'était plutôt que le médecin lui interdisait de sortir. Ça m'a soulagée d'une manière et inquiétée d'une autre.

Ce matin, papa nous a téléphoné. Il pleurait. Maman venait d'entrer à l'hôpital. Aux soins intensifs en plus de ça ! On peut dire qu'elle ne fait pas les choses à moitié, ma maman, elle est aussi dans le coma. Le docteur parle d'un virus dans le sang. Elle reçoit un drôle de traitement. Une grosse machine, pendant plus d'une heure, lui retire son sang et lui en redonne. C'est du plasma quelque chose. J'aime mieux ne pas savoir le nom du traitement. Ça ressemble un peu à Ferrat, le nom d'un chanteur que Pierre adore. Pierre insiste. « Il faut juste penser au chanteur, Mylène. Pour l'instant, il faut se laisser bercer par son nom et ses mots. » Une chance qu'il existe des chanteurs dans la vie. Ça aide. Pierre a même retiré un gros vingt dollars du bas de la taxe de bienvenue pour l'achat d'un disque de Ferrat. Je l'aime comme ce n'est pas permis. Et il n'arrête pas de chanter *Que c'est beau la vie, Que serais-je sans toi* et tellement d'autres encore. Ça permet à mes idées de voyager et ça me calme les nerfs.

Papa et maman adorent Bébé. Je m'étais inquiétée pour rien. Même que papa demande que je l'emmène à l'hôpital parce que, si maman peut sortir de ce coma, c'est par Bébé que ça se produira. C'est avec beaucoup de certitude qu'il a dit ça, papa. Ça fait aussi mal que bon d'entendre ça.

On a tous l'impression que maman s'éteint, mais on n'en parle pas. Ce n'est pas tant par besoin de se taire que parce qu'il n'y a rien à dire. Rien à faire non plus. C'est comme ça. Dans la salle d'attente intensive, des gens pleurent et se prennent tout à coup à sourire avec, dans les yeux, une toute petite lueur d'espoir. Ça me rappelle quand on était jeunes et qu'on faisait la ronde pour le jeu du mouchoir. À qui le mouchoir ?! Excepté qu'ici c'est le mouchoir de la mort qui circule et personne ne veut l'attraper. Encore moins le passer.

Jamais. Je le jure. À coup sûr, par contre, quelqu'un va l'attraper. Tout dépend de l'état de nos malades. Et ça varie entre nous. On n'a aucun contrôle. On se regarde s'attrister ou se raccrocher à un rêve comme si, pour un temps, on pouvait oublier le mouchoir. Ton tour. Mon tour. Son tour. Ça change comme le vent tourne. On monte et on descend comme dans le jeu des échelles et des serpents. C'est infernal. Maman a des convulsions. Ils l'ont attachée. C'est venu trop vite tout ça. Beaucoup trop vite.

Parmi nous, il y a un monsieur qui porte un chapeau noir. Momo lui demande de déposer son chapeau sur le bord de la fenêtre. Il accepte et s'exécute en faisant beaucoup de cérémonies. Alors Momo dit à Bébé :

– Si tu regardes le chapeau longtemps longtemps avant de faire un beau dodo dans les bras de papa-mi Pierrot, le chapeau va te faire un cadeau. Il est magique.

Bébé fixe longtemps le chapeau et s'endort dans les bras de Pierre. Momo et Bobonne découpent des lapins en trois dimensions, les collent, les colorient, les mettent dans le chapeau et les cachent ensuite sous un foulard blanc qu'une femme très chic nous a prêté. L'activité semble soulager les chagrinés intensifs.

Mais les joies sont courtes ici. Et le bonheur aussi. Surtout quand le mouchoir de la mort réapparaît. Et tous ces gens me fatiguent. J'ai demandé à une garde la permission de m'installer dans la chambre à fournaise, à côté de la moppe et du seau à plancher. Je voudrais du silence, je voudrais vivre mon chagrin à l'abri des regards, que j'ai dit. N'importe où. Même une armoire à balais me conviendrait. Je ne veux plus être témoin parmi d'autres témoins du drame qui nous lie tous. Je n'en peux plus de supporter les voix à la télé. La garde me répond que, justement, puisque j'en parle, les autres familles se plaignent du fait que ma gang est très très grosse. « Il faut mettre de l'eau dans votre vin, qu'elle a ajouté, dix personnes en même temps, c'est beaucoup. » Alors, à compter de demain, que j'ai dit, on se limitera à quatre. Quatre par quatre, c'est promis. On fera le relais.

Nous disposons de dix minutes par heure pour rendre visite à maman. Le couloir est incroyablement triste et papa fait très mal à voir. La Petite Survivance lui murmure des secrets à l'oreille. Il pleure, lui caresse les cheveux, et leurs regards me troublent. Même les Jos-Louis se taisent. Et je le jure, il en faut pour leur couper le sifflet. Ils nous tiennent compagnie à relais, remplacent Pierre auprès de Bébé pour qu'il ait droit lui aussi à son petit tour de garde. Papa répète sur tous les tons que maman va guérir. Que bientôt, il partira en Gaspésie avec elle, que la mer parviendra à leur faire oublier cet effroyable cauchemar. Mais moi, je sais. Je sais que maman ne sortira pas vivante d'ici.

Le temps souffre tellement qu'on a dû suspendre nos pratiques de théâtre. Parfois, le Proprio et sa femme nous reçoivent à souper. Ça fait du bien de se sentir entourés. Ça réconforte. Momo dit que l'idée de perdre maman le ramène vers les routes de son enfance et qu'il ne veut pas y penser. Alors il dessine des bateaux, des ballons et des tas d'avions avec Bobonne, M. Oesfort et Bébé. De son côté, Pierre pue terriblement. Il se promène avec son bas de laine graissé de Vicks autour du cou parce qu'il prétend enfler de la gorge. Momo et moi, on sait qu'il a peur qu'on lui demande de chanter au service de maman si elle nous quitte pour l'autre bord du monde. On ne se rend pas toujours compte de la place que prennent les gens dans nos vies. Le chagrin de la perte en révèle la mesure. C'est Momo qui dit ça. Quant à moi, je pense que mes deux hommes sont aussi atterrés que moi.

Je voudrais que maman sorte de ce coma. Qu'elle me berce une autre fois. Juste une fois. J'aimerais tant lui parler. Reprendre tous nos mots mal dits, les redire autrement. Sa maladie est cruelle et sauvage. Elle brise son corps. Nos vies. Maman n'ouvre même plus les yeux. Et ses cheveux restent collés sur sa tête comme ceux de mes poupées que je négligeais. Collés et rugueux. Tous pris en tapons. Maman si fière !

Mon papa, lui, son ombre le remorque. Momo prétend que, des fois, notre ombrage peut nous consoler parce qu'il vient prouver qu'on est là. C'est pour ça qu'il ne faut pas trop s'en faire, qu'il ajoute. Il a dû lire ça quelque part. Je ne sais pas. Mais les silences de papa me terrifient. Il se dérhume pour qu'un peu d'air circule encore en lui. Quand il voit Momo, il tombe dans ses bras, l'étreint si désespérément. « J'avais jamais pensé que je vieillirais sans elle », qu'il dit à travers les sanglots. Parfois aussi, il berce Bébé. Et je le jure, pas une publicité, même très coûteuse en double page d'un magazine, ne peut dépasser leur beauté.

Quand papa ne fait pas son tour de garde, il tente de se reposer un peu dans la chambre que Bobonne a libérée pour lui. Bobonne et M. Oesfort lui manifestent des bontés incroyables. Le Maire aussi. Il débarque régulièrement chez notre vénérable Reine pour prendre des nouvelles de maman. Ça révèle son grand cœur et ça touche vraiment. Pour dire comme la vie est surprenante parfois ! On pourrait prendre des tas de photos du Maire avec Bébé dans ses bras, du Maire en grande conversation avec Momo, ce serait bon pour notre publicité, mais le cœur n'y est pas. Le cœur n'y est plus.

Heureusement que Bébé existe. C'est seulement lui qui parvient à me consoler un peu. Quand je ne suis pas de garde à l'hôpital, je passe des heures dans la balançoire avec lui et la Petite Survivance. Elle me parle de la mort. M'explique des tas de choses. Elle dit que, quand maman en aura fini avec ses adieux, elle partira. Elle dit qu'un jour, dans son sommeil, elle a vu un gros soleil qui dansait. Et des oiseaux magnifiques aussi. Géants. Plus grands que le monde. Qu'ils étaient blancs et beaux, qu'ils portaient les chagrins de la mort dans de gros nuages tout en fleurs. Elle dit que ces oiseaux-là sont très très importants. Que maman vole peut-être déjà sur les ailes de ces oiseaux blancs. Que c'est peut-être aussi pour ça qu'elle n'ouvre plus les yeux.

– On sait jamais ! qu'elle dit. On sait jamais !

Elle a cinq ans depuis la semaine dernière. Seulement cinq ans. Je n'ai pas de mots. Je n'ai que mes peurs. Que ma cruauté. Ma si terrible cruauté. Et je retiens mon envie de la frapper. De lui crier qu'une Petite Survivance est trop jeune pour dire ces choses-là. De la punir d'avoir tout ça dans son petit âge. Dans sa petite tête. Et j'ai honte. Affreusement honte. Honte parce que, la nuit dernière, j'ai rêvé que je lui défonçais le crâne pour l'obliger à se taire. J'ai tellement pleuré à mon réveil. Tellement pleuré. Je n'arrive pas à oublier ce rêve. Il m'obsède. La balançoire s'agite. Je porte de très grands vents. Des orages aussi. Un cri pesant comme une roche. Parfois, la roche rebondit jusqu'à la Petite Survivance. Elle saigne. Et j'ai plus honte encore. Le silence est bruyant. Salaud. Il court dans mes veines. Pendant qu'elle me parle, je garde bien fermé le coffre de mes pensées. J'ai si mal.

Hier, les Jos-Louis sont allés aux bleuets. Ils m'ont apporté leur cueillette en cadeau. Une belle chaudière de cinq livres. Et je le jure, pas un blanc à travers. Pas même une feuille. Ils ont pris un grand respir de continent tellement ils semblaient fiers de me les offrir. J'ai jeté tous leurs bleuets dans les toilettes. Je les ai engueulés. Je les ai sommés de me dire à quel endroit ils avaient ramassé tout ça pour que j'y mette le feu. Maman se meurt et la vie ne devrait pas continuer comme si de rien n'était. C'est de l'indécence. Je leur ai même dit qu'ils ne joueraient pas dans notre pièce de théâtre. FINAL BÂTON, que j'ai ajouté.

Momo les a rassurés en leur expliquant que c'est la souffrance qui me fait parler comme ça. Ils ont répondu qu'ils comprenaient, mais que j'aurais quand même pu leur laisser un peu de bleuets. Ils m'énervent avec leur façon de dire leurs phrases ensemble. J'avoue que cette colère m'a fait un bien fou ; après, j'ai réussi à dormir enfin. C'était la première fois depuis la maladie de maman. J'espère qu'ils m'en rapporteront encore. C'est vraiment soulageant, des bleuets. Très efficace. Et ça purge les pensées.

Plus de jeux, plus de connivences. Juste la douleur tout entière emprisonnée dans le moindre souffle, le moindre geste, le moindre regard, le moindre bruit, le moindre silence. Celui de la mort. Pierre est si gentil. À lui seul, il donne à Bébé la tendresse et les soins que je ne suis plus capable de lui apporter. Pour dire comme Momo, ça permet d'oublier ses petits écarts de vedette.

Mon papa, lui, il se dilue dans ses replis souterrains. Comme quand j'étais petite et que le malheur nous frappait. Il partait si loin. Je le regardais, je cherchais les chemins pour le rejoindre à travers ses rides ou les plis de sa chemise, et encore plus à travers ses beaux yeux gris. Je n'ai jamais trouvé ses sentiers secrets, je ne sais pas non plus si maman y est déjà parvenue. Tellement de lourdeur dans papa. Tellement d'opacité parfois. Et dire que le temps existe juste pour préparer l'absence ! On viendra me faire croire après que la vie est belle. Personnellement, je la trouve plutôt chienne.

En m'éveillant ce matin, j'ai eu l'idée de passer au blender des légumes pleins de vitamines, de les mettre dans un sac Ziploc qui ferme étanche et de les apporter à maman. Elle aime tant les légumes. Depuis le temps que j'observe la purée qu'on lui passe dans les veines, je l'ai imitée à la perfection. Une réussite. Et j'attends que maman se réveille en tenant très précieusement mon mélange dans mes mains. Je dis à la garde que ma bouffe est meilleure que cette merde. Je pleure sur mon Ziploc, je le tends à la garde. Elle me regarde longuement et même que, dans ce cas-ci, je pourrais dire posément, très très posément. Elle prend un respir et me demande :

— Est-ce que vous savez qu'elle est très malade, votre maman ?

— Oui, que je lui réponds, parce que je viens la voir à l'hôpital.

— Très très malade, qu'elle ajoute en me touchant gentiment le bras.

Maman n'a que cinquante-cinq ans.

La Petite Survivance a demandé à papa de la conduire à la salle d'attente intensive avec sa civière de fortune. Il l'a fait. Elle m'épie. Je n'ai pas d'autres mots pour décrire. Oui. Elle m'épie. Ses yeux ne me quittent pas d'une semelle. Je me demande si elle peut savoir ce que j'éprouve pour elle en cet instant précis. Ça cogne dans ma tête. Je la traite de voleuse. Je la soupçonne d'étudier la mort de maman pour apprendre la sienne. L'envie de la frapper me reprend de plus belle. Et quand elle me sourit, je la serre désespérément dans mes bras, si fort, tellement fort. Des frissons courent partout sur mon corps, j'ai froid. J'essuie les larmes qui coulent comme un tout petit filet sur ses joues. Elles sont tièdes. Comment elle fait pour pleurer si silencieusement, avec tant de dignité ? Je me le demande encore.

Papa nous regarde. Il a tout plein de bateaux noirs dans ses yeux gris et rouge. Ses mains tremblent. Il me dit : « Viens, petite, c'est l'heure. » Depuis que j'ai Bébé, j'avais oublié que je suis leur enfant. Je les voyais juste comme mes parents. C'est comme ça. Surtout que papa ne m'a jamais appelée petite. L'émotion m'étouffe. Je me dérhume un peu comme papa le fait. Ça soulage. On s'approche du lit, lui et moi, pendant que Bobonne tient compagnie à la Petite Survivance. On respecte l'entente. Quatre par quatre. Pas plus. Tout ça par sympathie pour les chagrinés intensifs. Il en faut. Il en faut beaucoup.

Pour la première fois depuis le début de son coma, maman ouvre les yeux. Elle parle. Ses mots sont lents,

mous, fiévreux. Ils viennent de très loin. « Je t'aime. »
Elle a dit ça, maman, et j'ai dit « moi aussi ». Puis, quand
elle a refermé les yeux, toute la fatigue du monde s'est
posée dans son souffle. Un vrai petit chien qui s'en va.
J'ai pensé ça. Puis, papa s'est couché tout contre elle.
Fallait les voir. Je le jure. Je n'oublierai jamais cette
image. Je les ai rejoints pour les six minutes trois secondes et quart qu'il restait pour la visite à l'heure.

La nuit d'après, c'était la nuit de ma débâcle. Et j'ai
pleuré. Longtemps. J'ai rêvé aussi. J'ai rêvé d'une route
coupée en deux par la ligne jaune du milieu. La partie
de maman, à droite, montait. Montait. Filait à une folle
allure. Ma partie descendait. Aussi vite que l'autre moitié. Descendait. C'était comme un ruban qui n'en finit
plus de quitter sa bobine. Il fallait que je l'avale, sinon
je mourrais. Mais j'y parvenais de peine et de misère.
Ça déroulait trop vite. Des nuits comme ça, je voudrais
bien connaître la recette pour passer mon tour.

Le lendemain, c'était vraiment fou dans la maison.
Bobonne et Momo se faisaient aller le clapet sans arrêt
et s'obstinaient à propos de tout et de rien. Ils étaient
très nerveux. Ils venaient d'apprendre que mon frère
des États arrivait. Comme ils voulaient tenir une conversation digne de sa hauteur, parce qu'il est vice-président
d'une compagnie, Bobonne parlait au téléphone inten-
sif avec papa pour avoir plus de détails sur son emploi.
Elle répétait ce que papa disait et Momo notait. Pierre
lavait le plancher de la cuisine.

« J'ai l'bonheur dans la face
Quand ma blonde m'embrasse
Ça m'chatouille partout partout
J'ai l'bonheur. J'ai l'bonheur. »

Il chantait, Pierre. Il chantait sa nouvelle composition en frottant. Comme la vie se compliquait elle-même déjà assez merci beaucoup, on le laissait à ses illusions. Momo dit qu'avec le temps il comprendra les avantages de s'en tenir aux chansons des autres. Je pense comme Momo. On ne peut pas avoir tous les talents, déjà qu'il réussit tellement bien, notre Pierre.

— Tu vas voir, Mylène, tu vas voir. Il va nous trouver sympathiques, ton grand frère. Il sera reçu comme un roi ici. Et tu seras fière de nous.

En plus, il parle tellement bien, Pierre. Tout tendre. Je l'aime. Avec son don pour la délicatesse. Je n'y peux rien, sa voix me chamboule et, même s'il compose mal, je suis toujours heureuse de l'entendre.

« Quand ma blonde m'embrasse
Ça m'chatouille partout partout
J'ai l'bonheur. J'ai l'bonheur. »

Au moins, une chose était décidée : la Petite Survivance porterait son costume de lutin et tiendrait un ballon dans chaque main pour les offrir à mon frère. On aurait pu croire à une vision d'aurore tellement elle semblait heureuse de cet honneur. Je me suis demandé si quelqu'un s'était déjà énervé comme ça à propos de ma visite. Et pour mon grand besoin de chaleur, je continue d'écrire dans mon cahier. Tout. Pour ma petite consolation aussi et surtout ! Pour le coffret d'images que je m'invente, histoire de mettre un peu de couleurs sur les jours de noirceur à venir. Il en faut, des images. Il en faut.

Le Proprio et sa femme cuisinaient une soupe aux orteils de prêtre pas piquée des vers. « D'habitude, on appelle ça de la soupe aux gourganes, qu'a expliqué

Momo, mais pour de la si grande visite, on sort nos beaux mots, Mylène. J'ai lu ça dans un dictionnaire de canadianismes à la biblio. Je l'avais noté pour le cas où un synonyme du dimanche ou des grandes circonstances s'imposerait. » Les Jos-Louis, eux, se tenaient devant le four comme deux gardes du corps d'un premier ministre. Et pour cause : deux tartes aux bleuets répandaient leur odeur. Ils se plaignaient de la chaleur, mais ne quittaient pas leur poste. « C'est vrai qu'il fait chaud », que j'ai dit en m'approchant du four juste pour les énerver un peu. Ils auraient pu se brûler les fesses tant ils se les collaient sur le poêle. Une fois les tartes cuites, ils les ont apportées dans leur logement et ont fermé la porte à clé. À croire qu'ils venaient de réussir un exploit tellement ils semblaient contents. Un rien les traumatise, ces deux-là, et il faut être fait fort pour ne pas perdre les pédales quand ils s'y mettent.

Finalement, ils sont tous partis à la biblio faire des recherches sur la compagnie de mon frère. Mais avant, Momo a insisté pour que je dorme. Il disait que la journée serait dure et que je devais me reposer encore. « Ton frère sera surpris par nos connaissances et je suis content parce que tout le monde pousse à la roue pour les recherches. » C'est vrai qu'on peut compter sur eux. Puis, Pierre m'a demandé de mettre ma robe du bonheur pour essayer de faire tourner le vent. Il m'a fait promettre de m'accrocher, parce que, tant que la vie est là, il faut s'accrocher. « J'aimerais beaucoup ça », qu'il a ajouté. Je n'ai rien dit. Je voulais juste qu'ils me laissent seule.

Et j'ai pleuré longtemps. Longtemps. Parce que je sais, moi, que si mon grand frère arrive des États aujourd'hui, maman se laissera partir. Elle aura fait son dernier adieu. J'en ai la certitude. Maman va mourir aujourd'hui même. Sans l'ombre d'un doute. J'ai dû dormir. Quand ils sont revenus avec leur fierté, je le jure, tout plein de reconnaissance montait en moi. Pauvre Bébé, il n'arrêtait pas de pleurer. Je l'ai bercé et il s'est enfin calmé. Il en avait grand besoin.

Pour dire franchement, je me sens aimée. Même M. Oesfort a participé aux recherches. Et ils ont trouvé : mon frère serait le bras droit d'un dénommé Auger Aime. « C'est un type qui aurait écrit beaucoup de livres sur la communication, que dit Momo. J'en ai emprunté trois. On les apportera à l'hôpital pour montrer à ton frère qu'on s'intéresse à lui et aussi pour se changer les idées. » Momo a ajouté que, selon Bobonne, Auger se prénommait Lucien du temps qu'il n'était pas très connu. Maintenant, peut-être parce que c'est un homme passionné, il a remplacé Lucien par Aime et a inversé les deux noms pour que ça sonne mieux. Tous les autres ont approuvé la théorie de Bobonne, excepté Momo qui angoissait un peu parce qu'il n'avait rien pu vérifier. Le temps lui avait manqué. Personnellement, je m'en fous.

– On ne dit pas à quelqu'un *Tu es nul,* que m'a expliqué un Jos-Louis, c'est trop blessant. Il faut parler au *je.* On peut dire *Je te trouve nul.* C'est toujours le *tu* qui nuit dans la conversation. Il dit ça, M. Auger Aime.

Je le jure, si le téléphone n'avait pas sonné, on se serait payé du plaisir. Chacun avait son petit brin de folie. Même la femme du Proprio se préparait à nous en sortir des sucrées. Ça m'a fait m'ennuyer du bon temps. Le sérieux est revenu quand on a vu le visage rouge de

Momo qui en disait long sur la pesanteur de l'appel. « Il faut se rendre à l'hôpital tout de suite. Et ton père a dit de dire à la gang de s'effacer. C'est comme ça qu'il l'a dit, Mylène. »

Bobonne a trouvé ça très bête. Elle s'est étouffée en prenant sa respiration. Même si l'inquiétude me rongeait, j'étais assez d'accord avec elle. Je ne voulais pas les laisser là comme de vieilles pantoufles. Pas eux. Et surtout pas après leur dévouement, leurs enquêtes et tout le reste. On est tous partis. En silence. Dans l'ordre. Bobonne m'a promis de ramener les Jos-Louis si par malheur une gaffe leur sortait du clapet dans la salle d'attente intensive. « Je me charge d'eux, qu'elle a dit. Ne t'inquiète pas. Ils n'auront même pas le temps d'ouvrir la bouche. Parole de Bobonne, tu peux compter sur moi. »

Je ne sais pas si l'hôpital s'attendrit, mais on a eu la permission de tous entrer dans la chambre de maman. Tous. Sans exception. Pour dire comme les apparences sont trompeuses, elle a du chic, ma gang, et elle pourrait donner des leçons de savoir-vivre à bien du monde. Dans d'autres circonstances, papa aurait eu affaire à ravaler ses paroles. Tout le monde longeait les murs comme si chacun connaissait la place qu'il lui convenait d'occuper. Momo et Pierre sont restés au centre de la chambre, avec Bébé bien sûr.

Je me suis approchée du lit. Mon grand frère tenait la main de maman. Il m'a souri dans son bouillon de larmes. Ce sont là de belles considérations dans pareils moments. J'ai apprécié. Il avait pleuré beaucoup. Ses paupières s'ouvraient et se refermaient sur ses beaux yeux gris-papa qui me regardaient. Ça m'a fait chaud.

Papa était allongé près de maman. Il a pris son pauvre corps inerte dans ses bras et l'a glissé tout douccment sur lui. Puis, de la main, il nous a invités, mon frère et moi, à les rejoindre dans le lit, chacun de son côté. Un trois dans un, comme les trois personnes du Saint-Esprit, que j'ai songé dans un sanglot muet et noir. « Un tout petit oiseau qui bat si faiblement de l'aile », qu'a dit papa en la berçant tendrement dans ses bras ronds et chauds.

Maman a ouvert les yeux. Je n'avais jamais remarqué qu'ils étaient si beaux. Je lui ai dit : « Ils sont magnifiques tes yeux, maman. » Elle a répondu : « C'est les yeux du cœur. » Sa tête est tombée sur la poitrine de papa. Je me suis enfoncée un peu plus loin dans le matelas. Un peu plus bas. Mon frère aussi. Papa aussi.

Maman mourait à marée basse. Maman mourait comme le mois d'août.

Bobonne, M. Oesfort, les Jos-Louis, le Proprio, sa femme, la Petite Survivance, Pierre, Momo et Bébé sont sortis de la chambre. Personne ne se regardait, personne ne parlait. Ils avaient beau être dix, la mort les effaçait tous.

Morte. Maman morte. Je n'arrivais pas à y croire.

Papa a demandé de rester seul avec elle. On est sortis, mon frère et moi. Il me tenait si tendrement par la taille que j'en avais des crampes au cœur. Ça faisait mal à ma respiration. Puis, chacun notre tour, lui et moi, on est allés seuls voir maman une dernière fois. Je ne sais pas pour mon papa et mon grand frère, mais moi, j'ai pleuré sur tout son corps. J'ai dessiné des étoiles sur son ventre avec mes doigts. C'était ma manière de la remercier pour ma vie. Elle n'a pas bougé.

Tout le monde m'attendait dans la salle d'attente intensive. Nous sommes repartis ensemble comme au temps de nos parades. Papa, mon frère et moi en tête. Derrière, sûrement l'ordre habituel. Mais je n'ai pas tourné les yeux. Je me laissais porter par le souffle de papa. J'entendais ses vagues, ses mers, sa dérive. Je ne sais pas non plus qui des trois aidait les deux autres à marcher.

Je n'ai pas vu non plus le Maire se joindre à nous ni sa femme caresser tendrement les cheveux de la Petite Survivance. Pas plus que je n'ai entendu Pierre chanter de sa voix la plus belle son *Ave Maria* qu'il possède jusqu'au bout des doigts maintenant qu'il ne fausse plus. Je n'ai rien vu des gens qui nous saluaient. J'ai juste senti la brume se lever et nous rejoindre. Je ne sais pas quelle quantité de brume j'ai pu avaler, mais c'était énorme. J'ai mis longtemps à m'en libérer.

Je n'ai pas entendu Bébé qui pleurait. Je n'ai pas vu non plus les fleurs qu'on nous offrait sur notre passage ni nos voisins nous accueillir avec la richesse des gens simples quand ils ouvrent leurs bras. C'est quelques jours plus tard, quand la brume s'est recouchée, qu'ils m'ont tout raconté.

Chapitre VII

Si je parlais de l'enterrement de maman, je le rédui-
rais à un fait divers vu qu'il y a des services tous les
jours. Je dirai juste que j'ai regardé dormir Bébé longtemps ce soir-là et que j'ai senti un poids. Pierre se
tenait près de moi, il respirait par petits coups comme
si l'air ne passait plus dans sa tristesse. Lui aussi venait
de perdre un très gros morceau en la personne de maman.
Ces choses-là se sentent. Il caressait le petit front de
Bébé avec beaucoup de tracas dans les yeux. Et puis, à
propos de Momo, il y a une chose…, mais je ne l'écrirai pas. Pas tout de suite. Mon crayon le refuse et j'écoute
mon crayon. J'ai trop besoin de lui.

Je ne sais pas décrire la tristesse de mon grand frère
quand il nous a serrés dans ses bras, papa et moi, au
moment de repartir pour les États après notre souper
mortuaire. Ça me fait encore étrange de penser qu'on
peut rire aussi fort qu'on pleure dans des tristesses comme
ça. Et il a ri, mon grand frère. Il brasse tellement des
grosses affaires que les Jos-Louis n'ont pas osé lui montrer leurs cochonneries, même s'ils en rêvaient. C'est
un bon point pour eux, je trouve. Pour dire qu'il ne
faut pas trop juger les gens, leur discernement m'a

même impressionnée. « Et vlan, qu'ils m'ont dit avec deux flèches dans les yeux. Mange ton biscuit, Mylène. » Je l'ai mangé. Je suis toujours capable de le reconnaître quand je me trompe. Cette fois, ils m'étaient plutôt sympathiques, même s'ils parlaient encore en même temps. Ils venaient de marquer un point. Pour dire à quel point une simple visite à la biblio leur a fait du bien : « À tout seigneur, tout honneur », qu'ils ont ajouté en se croisant la jambe droite en même temps. J'ai failli leur demander combien de temps ils avaient dû s'exercer pour réussir ça.

Avant le souper, Momo m'a raconté qu'ils s'étaient bien comportés à la biblio. La responsable les a remis à l'ordre une seule fois. C'est sûr, les Jos-Louis ne savent pas faire des recherches, le Proprio et M. Oesfort non plus. Mais ils encourageaient Momo, la femme du Proprio et Bobonne quand ils trouvaient.

De leur côté, la Petite Survivance et Bébé jouaient un rôle très stratégique, que m'a expliqué Momo. C'est sur la civière qu'ils entassaient les livres. Même que la responsable en chef de la biblio les regardait souvent avec une certaine humidité dans l'œil. C'est quand le fou rire les a tous pognés que la responsable a dû intervenir. Mais, selon Momo, toute la gang lui avait été plutôt sympathique. Elle souriait souvent en les regardant, qu'il m'a raconté.

Ils ont tous beaucoup travaillé pour la visite de mon frère. Au moins, il a su l'apprécier. Ça se lisait dans ses yeux. J'avais oublié comme il est long, son rire. Surtout quand il tourne au fou rire. La distance, des fois, ça laisse échapper certains détails. Ça ne finit plus quand il rit. Il se tient le ventre à deux mains. Quand il le lâche, c'est pour se taper les cuisses. Et ses mains reviennent encore sur son ventre. Elles font relâche. Et elles tapent ses cuisses. Et son ventre encore. Comme Bobonne ne résiste jamais à pareille tentation, je peux dire qu'elle s'est payé un rire plus monumental encore que celui de mon grand frère. Un vrai beau duo. Un vrai de vrai.

C'est au souper que tout a commencé. À cause des félicitations de Momo à mon frère pour sa vice-présidence de l'Auger Aime. Fallait le voir, notre Momo, quand il lui a présenté ses trois livres pour lui prouver notre délicatesse. Mon frère disait à Momo qu'on était dans le champ ou quelque chose comme ça. Pierre s'est choqué. Il réclamait sa part de compétences. « Le chant, c'est moi, qu'il a dit. Ici, on donne à César ce qui est à César. »

Quand mon grand frère reprenait son souffle, on pouvait juste entendre le mot « culture ». Il a prononcé ce mot quatre fois, je les ai comptées. Bobonne était ravie. Ça lui fait toujours plaisir quand on remarque qu'elle est cultivée. Et quand sa fierté atteint son comble, elle se bombe le torse sous la flatterie du compliment. De toute beauté ! Chaque fois qu'elle rit comme ça, j'ai peur qu'elle crève. C'est son rêve d'ailleurs. Sa marotte, comme on dit tous quand on en a ras le bol. Elle veut mourir en riant pour faire changement. Elle dit qu'elle en a assez des larmes de la mort. C'est comme ça qu'elle l'explique en tout cas. Par contre, quand elle commence à voir des ronds jaunes, il faut s'inquiéter. Pas avant. Elle devient très étourdie quand ils arrivent. C'est le signal. Royalement étourdie, qu'elle ajoute. J'ai remarqué qu'elle emploie beaucoup cet adjectif depuis qu'elle est au courant de sa future nomination de reine au Festival de la guenille. Je sais que royalement est un adverbe. Momo me le dit souvent. Mais je m'en fous. Qu'il aille se faire voir lui avec ses règles ! Je commence à trouver qu'il exagère. Surtout depuis l'histoire de la soupe aux orteils de prêtre. Mon frère n'a pas pu manger sa soupe. Il riait trop. Bobonne aussi bien sûr. Le Proprio se tenait tout près d'elle, aux aguets, avec un pot d'eau froide. « Cette fois, si elle n'arrête pas, elle recevra un traitement-choc. On va s'organiser pour que ce soit très très efficace », qu'il répétait en s'agrippant très fort à son pot. Moi, je pense qu'il n'avait pas digéré l'histoire de la soupe et que ce petit traitement l'aurait soulagé beaucoup. J'étais d'accord. Pas question qu'on se tape une surveillance de deux jours devant chez elle cette fois. Malade pas malade, Bobonne s'arrangerait seule. On était tous épuisés. En plus, je suis bien placée pour comprendre le Proprio, lui qui en porte pas mal lourd depuis des mois, le pauvre.

Pour sa part, Momo était plutôt fâché. Non. Blessé, je dirais. M. Oesfort aussi d'ailleurs. Les Jos-Louis avaient trop à faire pour suivre la conversation. Ils surveillaient leurs tartes aux bleuets chaque fois que je bougeais. Papa ne riait pas non plus. Non. Il jetait un petit coup d'œil à Momo, à mon frère et c'est tout. Son visage était trop chagrin pour que je lise dans ses yeux. D'ailleurs, il baissait souvent la tête. Ça lui a valu quelques rougeurs au front. J'ai remarqué ça. Moi, je ne sais pas ce que je ressentais. Il y avait trop à observer et ça me mêle toujours un peu quand je vois mon grand frère. Mais, dans ses yeux, j'ai lu beaucoup d'amour quand il nous a quittés. Ça ne trompe pas, un regard comme ça. Surtout quand ça vient d'un silence aussi doux.

N'empêche que j'ai couché ma douleur bien souvent et bien longtemps dans les bras de Pierre le mois qui a suivi l'enterrement. Pierre faisait de même pour la sienne. Nos larmes goûtaient la mer, peut-être qu'on se trompait, mais on trouvait ça. Même que, des fois, j'entendais des vagues. Et Pierre n'arrêtait pas de me murmurer qu'à lui seul Bébé valait qu'on traverse l'épreuve. « Il le faut, Mylène, tu m'entends ? » Il répétait souvent ça, Pierre.

— Qui c'est qui va s'inquiéter pour moi maintenant que maman n'est plus là ?

— Moi.

— C'est pas pareil.

— Je sais, Mylène.

— Et qui c'est qui va me souhaiter bonne fête en premier ?

— Moi.

— C'est pas pareil.

— Je sais.

— Qui c'est qui va m'offrir des cadeaux qui ont le genre des cadeaux d'une maman ?

— J'sais pas. Peut-être la femme du Proprio. Elle a déjà commencé, Mylène.

— C'est pas pareil.

— Je sais. Peut-être Bobonne aussi. Je pense qu'elle te prépare une surprise.

Je tairai aussi ce qu'il m'a fallu de forces pour ce trou sur deux jambes que j'ai dû porter tout au long de l'automne. Il pesait trop. Je n'ai pas le courage d'en parler. Je ne dirai rien sur papa non plus. Ce serait trop pénible. Plus tard, peut-être, je verrai.

À propos de Momo, je peux l'écrire maintenant. Je sais que mon crayon est capable. Après le départ de mon grand frère, Pierre et moi, on a passé quelque temps à regarder dormir Bébé. Quand on est revenus à la cuisine, Momo n'y était plus. Il en avait profité pour sortir. On a d'abord cru qu'il avait eu besoin de prendre l'air, histoire de se dégourdir un peu. Trois jours après, on s'est dit qu'il mûrissait des pensées pour lui tout seul, et puis, plus les jours passaient et plus on a dû admettre qu'il nous avait quittés. Pierre dit qu'il a horreur des gens qui filent à l'anglaise. Je l'approuvais de la tête, mais, personnellement, je trouve que c'est aussi désespérant en français qu'en anglais. De toute façon, quand on est trésorière, on s'en fout. On aboutit au même résultat. Le compte est là : ça fait déjà dix-huit jours, quatre heures, trente et une minutes et quatre secondes qu'on ne l'a pas revu. Il est parti sans son bataclan. C'est pour ça qu'on l'espère encore. Ça vaut bien la peine de réfléchir comme il le fait si c'est pour conduire à des coups de tête pareils, que dit Pierre.

On a signalé sa disparition à la police, mais elle a répondu que Momo présente une certaine instabilité du portrait. Enfin, c'est un terme poli pour dire que la police considère comme normal que Momo disparaisse de cette façon-là. Parce que c'est Momo qu'elle a répondu quand on a demandé pourquoi. Quand ça veut être plate, du monde, ça l'est.

On lui en veut pour son manque de courage. Partir sans même embrasser Bébé ! Pour Pierre et moi, passe encore, mais pas pour Bébé. Ni Pierre ni moi ne l'acceptons. Bébé a pleuré des jours entiers après son départ. Un petit ange inconsolable, j'ai beau chercher d'autres mots, je n'en trouve pas. Heureusement qu'on a pu compter sur la générosité de Bobonne. Elle s'en occupait comme une vraie mère.

On essaie de ne pas sombrer. Momo nous manque absolument. Nous aussi, on a l'impression d'être partis sans laisser d'adresse. On bouge, on vit, mais tout se passe comme si on n'était pas ici. Comme si mes pertes étaient toutes dans une grosse poche que je brasse et brasse encore sans arriver à y voir clair. Je confonds tout. Qui, de maman, de Momo ou de papa me laisse si souvent en dérive. J'essaie de survivre. Pierre aussi. Il n'a plus le cœur à chanter. Il dit qu'il a besoin d'un peu de repos. Excepté dans la douche, par contre. Parce que, s'imposer des vocalises quand on a le cœur si bas, ça veut dire que la peine n'a pas tout emporté, qu'il ajoute. Mais moi, quand je songe au temps, je crois qu'il ne peut plus rien pour nous. Je suis perdue depuis ces départs. Mon crayon s'habitue mieux que moi, je pense. C'est pour ça que je peux maintenant l'écrire ici, pour mon papa. Je peux.

Lui aussi nous a quittés. Mais ce n'est pas un départ comme celui de Momo. Il a pris bien soin de nous expliquer son besoin d'être seul. J'ai vu le fleuve dans ses yeux gris et rouges quand il parlait. Je le soupçonne d'être parti pour la Gaspésie. Et j'ai le flair pour deviner, moi. Mes deux hommes me l'ont souvent dit.

Papa me manque. On n'a pas encore reçu de nouvelles de lui. Il nous a tous embrassés très très fort. Il nous a même offert d'habiter sa maison de Sillery durant son absence. Les Jos-Louis ont cru qu'on les emmènerait avec nous. Bobonne les a regardés de travers. Elle a dit qu'ils pouvaient au moins attendre l'invitation. À mon idée, elle a raison. « Nous, on se sent mieux chez nous. Maintenant que maman est morte, il reste juste deux personnes qui ne sont pas snobs à Sillery. Toi et le Maire », que j'ai dit. Papa a répondu que j'exagérais, mais qu'il me trouvait tout de même gentille. Il me caressait le toupet vers la gauche en parlant. C'est émouvant je trouve. Il a même sangloté dans les bras de Bébé.

Pauvre Bébé, il ne sait pas, mais il a des bras puissants. Des bras qui consolent, qui réchauffent et qui bercent. Et j'ai peur pour lui. Peur de n'être pas la mère qu'il mérite d'avoir. Autant de pertes dans un seul mois, c'est difficile à vivre. Mais je continue d'écrire sur lui. J'écris tout : ses premiers mots, la date, l'heure, le temps qu'il fait au moment où il les prononce. Tout : le linge que je porte, le t-shirt de Pierre, les odeurs de soupe, de pâtés, de savon citronné ou d'eau de Javel quand ça sent quelque chose. Tout : en présence de qui il a parlé, quelle chanson jouait à la radio, quelle émission de télé on écoutait, et aussi est-ce qu'on avait mal quelque part ce jour-là, est-ce que Momo nous avait quittés ? Et comme la réponse est souvent oui, j'ajoute, pour mon soulagement : VA TE FAIRE VOIR, MOMO, ESPÈCE DE SANS-CŒUR !

M. Oesfort ne fait plus tourner de Life Savers. Lui et Bobonne ne rient plus. Même qu'ils n'écrivent plus leur scène d'amour. Un jour, M. Oesfort nous a montré une lettre de sa fille qui réclamait sa présence à cause d'une épreuve épouvantable. Il voulait me raconter la suite, mais j'ai répondu que je passerais mon tour, merci beaucoup, pour les confidences. Il avait le cœur si gros. Il est parti chez sa fille pour quelques semaines. Après son départ, les Jos-Louis comme Bobonne étaient en manque. Nous passions tous un peu dans le tordeur en cette période. Le soleil d'automne était beau comme ce n'est pas possible, mais il faisait très froid dans nos cœurs. Et ça faisait mal.

Personne n'aurait pu expliquer par quel miracle la Petite Survivance prenait du mieux. Ses jambes s'étaient mises à bouger, à se balancer un peu. Ça ressemblait à la saucisse qu'on tient dans nos mains avant de la mettre dans le chaudron. On aurait dit que le mouvement voulait repartir. « Elles vont retrouver lentement leurs forces », qu'affirmaient le Proprio et sa femme. Pierre et moi, on était contents, je le jure. On était émus aussi, mais on ne parvenait pas à s'en réjouir comme il aurait fallu. Notre chagrin était trop grand pour ce partage.

Le Proprio et sa femme ont fait quelques tentatives pour nous redonner le goût des parades, mais juste entendre le bruit des pas sur l'asphalte et le roulement de la civière de la Petite Survivance nous donnait mal au cœur et sonnait notre creux. Puis, comme la Petite Survivance devait suivre des traitements plus spécialisés à Montréal, ils sont partis camper chez le frère du Proprio. On les a laissés s'en aller sans même les saluer. On en a notre claque des adieux. Pierre et moi, on a dû admettre que les voisins nous pesaient. C'est là que l'idée du rideau nous est venue.

Les Jos-Louis, Bobonne, la Petite Survivance, le Proprio, sa femme et nous, on s'éloignait les uns des autres sans l'avoir vraiment choisi. Je trouve que des endeuillés, ça ressemble à du linge dans la laveuse une fois qu'il est essoré. On ne peut pas le faire sécher comme ça, il faut le secouer. Il faut aussi qu'on sépare les morceaux pour qu'ils respirent. Pour qu'ils reprennent leur forme. C'est comme ça que je vois ça, moi. Avec, en plus, tous les deuils cachés qu'on porte dans nos corps, on n'est pas sortis du bois si on ne comprend pas ça. Ça devient trop mêlant quand on vit trop près et trop collés les uns sur les autres.

Il y avait Bobonne aussi. Elle faisait mal à voir sans M. Oesfort. Et comme notre douleur était à vif, on fuyait sa présence. Même chose pour les Jos-Louis qui s'étaient trouvé un père en sa personne. Il écrivait, mais les lettres, ça ne peut jamais combler un vide, je pense, moi, surtout quand il en faudrait des milliers et des milliers de tonnes et que ça ne suffirait pas encore. Alors ils fuyaient Bobonne qui les fuyait et qui nous fuyait parce qu'on la fuyait.

Puis, on a procédé. On s'est installé un grand rideau à moitié transparent pour protéger notre intimité. Un peu comme celui qui entourait le lit de maman à l'hôpital. Comme notre porte se trouve au milieu de la grande galerie, il restait assez d'espace à Bobonne et aux Jos-Louis pour qu'ils puissent circuler et même se rendre visite si c'était leur désir. Maintenant que le rideau cachait notre porte, on pouvait s'éloigner d'eux et ça nous permettait de cuver notre chagrin en paix. Je le dis avec un grand respect pour Bobonne et les autres. Beaucoup de respect même, mais on avait besoin d'être seuls.

On a tenu vingt jours dans une solitude plus grande encore que tout ce qu'on aurait pu s'imaginer possible Pierre et moi. Comme l'automne battait des records de chaleur, on comptait sur le soleil pour faire fondre ce chagrin. On s'exposait longtemps sur la galerie. On restait là des heures entières presque sans bouger. J'avais découpé deux trous ronds dans un vieux drap pour laisser nos cœurs à découvert. Juste nos cœurs. Le reste de nos corps était caché entièrement par le drap. « On appelle ça se soigner par le bon bout », que j'expliquais à Pierre. On faisait tout pour que la chaleur nous rentre dedans. Tout. Je le jure.

Et pour la petite peau neuve et fragile de Bébé. Pour lui et parce que c'est lui un point c'est tout, on ne négligeait rien. On lui mettait de la crème solaire vu qu'on s'exposait longtemps. « S'il fallait qu'il lui arrive quelque chose… », qu'on se disait souvent Pierre et moi en lui beurrant la peau dans nos bouillons de larmes. Et Pierre lui cuisinait de très bons repas équilibrés. On l'aime tellement. Pierre a profité de cette période pour s'instruire à propos des quatre groupes d'aliments du *Guide alimentaire canadien.*

Puis, aux alentours du 20 septembre, vers trois heures, ça s'est mis à peser lourd. La gang nous manquait. On ne savait plus comment faire pour la reprise du contact. J'ai remarqué que c'est difficile de casser la glace. On était tellement habités par le besoin de nous terrer qu'on ne sortait plus de ce rideau que pour le strict nécessaire. Pierre et moi, on tirait même au sort pour savoir qui écoperait des tâches obligatoires. Il y a toujours l'épicerie et quelques sorties. Maintenant, les voisins et nous, on se regardait tous comme si la méfiance régnait sur la galerie. Je n'aurais pas cru qu'un simple rideau de Dollarama pouvait avoir autant de pouvoir sur l'isolement. Mais hier, Pierre a remarqué que les

Jos-Louis se sont pincé les lèvres pour retenir leur envie de le saluer quand il a dû sortir pour acheter du lait. Peut-être que ce serait plus facile de casser la glace en passant par eux. Bobonne bougonne, elle. Chaque fois qu'on sort du rideau, elle se dépêche de rentrer chez elle. Je la connais. Elle nous donnera du fil à retordre.

Notre position centrale nous permet de côtoyer les murs de la chambre de Bobonne et de celle des Jos-Louis. Ces murs-là, ils parlent beaucoup. Les Jos-Louis sont plutôt tranquilles depuis un mois. Ils vaquent à leurs cochonneries, mais, côté sexe, ça semble plutôt calme. Et puis, je ne les entends plus rire. C'est sûr que je ne leur parle pas, mais j'ai la surveillance aiguisée comme aurait dit notre Momo. D'ailleurs, ça me donne l'avantage de savoir ce qu'ils ne savent pas que je sais. Pierre prétend qu'on leur manque. Bobonne aussi est triste. Je le sais. Je l'entends souvent pleurer. Depuis son retour, M. Oesfort ne couche plus jamais chez elle le soir. Ça, les Jos-Louis doivent le savoir aussi. Mais ce que je sais de plus qu'eux, c'est qu'il couche avec Bobonne généralement vers midi. Pour une petite sieste précédée d'un petit massage, qu'il précise.

Bébé s'ennuie beaucoup. Ça nous chamboule, Pierre et moi. Il s'étiole. Surtout depuis que M. Oesfort passe régulièrement sans nous visiter. Il pleure chaque fois qu'il entend ses pas. Pour dire. Je sais que M. Oesfort aime Bébé. Qu'il souffre du rideau lui aussi. Surtout qu'on l'a installé durant son absence et qu'il ne peut sûrement pas comprendre. Comme M. Oesfort aime Bobonne et qu'elle lui raconte des choses sur nous, on ne sait vraiment pas comment lui expliquer. Surtout qu'il penchera du bord de Bobonne de toute façon et, deux fois plus une autre encore, j'avoue que les apparences sont contre nous, vu que M. Oesfort ne sait pas encore tout sur les lubies de Bobonne. Il lui manque des détails, mais on ne va quand même pas bavasser sur elle.

Il est si gentil, M. Oesfort. Touchant même. Parfois, il fait des ombres chinoises avec ses doigts, on croirait un magicien qui fait apparaître des lapins. Et puis, il s'arrête devant le rideau et il danse juste pour Bébé avant de se rendre chez Bobonne en se raclant la gorge pas mal fort, merci beaucoup. « C'est sa façon de pleurer », que dit Pierre. Avec ses petits doigts, Bébé ne joue plus qu'à attraper les ombres. J'ai l'image d'un petit chien malheureux qui mange des miettes sous la table quand je le vois agir ainsi. Pierre et moi, on s'en veut de lui faire vivre ça. Ça nous fait très mal.

Le Maire a eu beau téléphoner en personne pour savoir où on en était avec notre projet de théâtre, mais on n'arrivait plus à rien expliquer. On avait chacun notre boule dans la gorge et le soleil n'avait rien fait ni pour Pierre ni pour moi. Disons aussi qu'on avait un très fort penchant pour le malheur et que le naturel revenait au galop. On a au moins compris ça, Pierre et moi. Et j'avoue, j'avoue qu'on est allés souvent à la morgue pour voir si Momo ne serait pas parmi les *no name*. Une fois, Pierre entrait pendant que je l'attendais dehors avec Bébé et la fois suivante, on inversait les rôles. Exception faite pour Bébé. Lui, il restait toujours dans les bras de l'attente. Dehors. On trouvait que ce n'était pas une sortie pour les enfants. On cherchait tellement Momo, on le voyait partout. Un jour, la morgue s'est tannée. Elle nous a suggéré d'espacer nos visites.

On l'a fait. Comme nos cauchemars se sont mis à diminuer en même temps, ça nous a permis d'en voir les bienfaits. On a laissé tomber la morgue. Il faut bien faire des choix, qu'on s'est dit.

~

Ça s'est passé le jour où Pierre a enfin compris pourquoi Momo nous avait quittés. On s'était payé un gros café au Normandin multiplié par des réchauds. Pierre semblait retrouver un peu d'entrain. Pour la première fois, j'ai cru que le soleil avait réussi à faire fondre son chagrin. Ça m'a fait un bien fou. Parce que si Pierre allait mieux, je savais que ce serait bon pour moi. Toujours est-il que Pierre a dit que Momo voulait me faire oublier la mort de maman. Que c'est pour ça qu'il était parti. Momo savait qu'on penserait beaucoup à lui, qu'on s'inquiéterait et que, comme ça, la mort de maman me serait moins cruelle. « Ça n'irait pas jusqu'à glisser comme du beurre dans la poêle, mais c'est pour toi qu'il a fait ça », que Pierre a ajouté.

Je lui ai dit d'arrêter parce qu'il fallait que je respire trois coups pour me calmer les nerfs. Ça urgeait. Pierre frétillait sur la banquette tellement ses idées avaient l'air heureuses. Je le regardais avec beaucoup de détermination. J'ai pris mes respirations en comptant à rebours avec mes doigts : trois, deux, un, jusqu'à l'accomplissement complet de mon désir. À un seulement, il a pu reprendre la parole. Ça n'a pas tardé, je le jure.

— C'est ça l'idée, Mylène. Momo savait que tu penserais tout le temps à lui. Et moi aussi. Il voulait juste nous changer les idées.

Fallait le voir s'énerver quand il parlait. Plus il parlait et moins je comprenais. Moins je comprenais et plus il s'excitait. Plus il s'excitait et plus je rêvais d'une petite scène d'Évangile. Ça nous soigne tellement, Pierre et moi, ce genre de petite scène.

– C'est comme l'histoire d'un malheur qui s'ajoute à un autre et à un autre encore, Mylène. Ça mêle et ça soulage le premier parce que les autres finissent par faire mal. Puis, on vient qu'on a tellement de tristesse à ajouter à la première qu'on en oublie par quoi tout a commencé.

J'avais oublié comme il est beau quand il s'excite. Quand il bombe son torse. J'avais oublié comme elle est belle, sa voix.

– Tu vas voir. Tu vas voir. On va s'en sortir, toi et moi. Même que, vu comme ça, c'est plutôt généreux de la part de Momo d'être parti. Tu trouves pas, Mylène ?

C'est pas moi qui décide, que j'ai répondu. Pas question que je porte le poids de la responsabilité pour le cas où on en finirait avec notre malheur. Je l'ai dit. Je laisse aux autres le soin de décider. Je suis moi. C'était le 30 septembre. Je n'oublierai jamais ce cocorico-là. On a pressé des oranges, on a répandu leur jus sur nos corps pour lécher le soleil qui nous rappelait Momo.

– On dormira collés dans la vitamine d'orange, Mylène.

– Oui.

– Il le faut.

– Oui.

– Pour Bébé.

– Oui.

– Pour nous deux.

– Oui.

– Pour Momo.

– Oui.

– Pour notre tricouple. Pour toi, Mylène. Pour moi.

– Oui.

Plouc ! Pierre s'est levé très vite. Le vrai petit bonhomme à ressort qui sort de sa boîte quand on appuie sur un piton et que je me suis promise d'offrir à Bébé pour ses trois ans. Il sait toujours tenir ses promesses, Pierre. Il m'avait dit qu'il l'imiterait. Il a vraiment l'allure du succès. Il réussit tout ce qu'il essaie. Formidable. Il est formidable. Je l'aime. Il a poussé le lit en plein centre de la pièce. Il s'est mis à courir autour du lit. Je l'ai suivi.

– Pour faire coller la vitamine d'orange, Mylène.

– Oui.

– Pour faire coller la vitamine, Mylène.

– Oui.

– Tu vas voir. On va finir par comprendre que c'est juste un moment à passer, le bonheur.

– Oui.

– Puis, on va s'y faire.

– Oui.

– On va l'apprendre.

– Oui.

Au petit matin, on déjeunait comme de grands vitaminés et nos regards étaient empreints d'un regain de vie incroyable. On avait mis longtemps à vivre à deux. À accepter l'absence de Momo. À parler enfin de lui. À le pleurer ensemble. On avait mis longtemps à retrouver un peu de vie.

Bébé a dû sentir ce courant parce que, d'habitude, jamais il n'ouvre le rideau. Il sait que c'est défendu. Ce matin-là, pourtant, il jouait si gaiement sur la galerie qu'il a osé tirer deux fois le rideau pour faire coucou aux Jos-Louis qui lui ont répondu. C'était si bon d'entendre enfin leur voix. Faut dire que, la veille au soir, ç'avait été une très belle soirée côté sexe pour eux aussi. On a tout entendu, Pierre et moi, c'est pas notre faute. Peut-être que la joie a un effet d'entraînement, que Pierre m'a dit.

N'empêche que le petit jargon de Bébé nous remplissait de joie. On prenait notre café en vase clos, mais quelque chose était différent. La vie voulait revivre. On le sentait. Puis, Bébé s'est sorti la tête du rideau. On l'a vu, je le jure. On l'a vu sauter de joie. Crier. Frapper dans ses mains. Rire. Pleurer. Et dire : *Papa. Ayi. Papa. Ayi. Papa.* Le cirque n'arrêtait pas. Son petit corps semblait voler. Tous les embruns de ses yeux se sont évaporés quand notre grand efflanqué de Momo est entré à l'intérieur même du rideau.

Il a pris Bébé dans ses bras, l'a soulevé, l'a fait virevolter. Il lui murmurait des mots chinois, lui donnait des baisers tout partout pendant que Pierre et moi, on pleurait comme des enfants. « Pardon, Bébé, pardon. » C'étaient les seuls mots qu'on saisissait parmi tous les autres qu'on ne comprenait pas. Parce que ça lui sortait bizarrement à travers des sanglots déjà très étouffés par son souffle court. Et aussi parce que ça faisait presque des bulles et que c'était rigolo en même temps que pas vraiment. Puis ! Quoi-c'est-qu'on-a-tu-pas-vu-que-Bébé-faisait ? *Ayi. Ayi.* Bébé disait ce mot en posant une main bien à plat sur une petite ombre immobile.

C'était une toute petite ombre. Toute petite. Pierre et moi, on a cru que Momo nous ramenait un enfant de quelque part sur la planète, mais on ne disait rien. Les sons ne sortaient pas. L'image de Momo, juste là devant nous, offrait ce que la vie a de meilleur. La petite ombre a bougé. Bébé l'a suivi du doigt. Il riait. Disait *Ayi*. Ce mot sortait de sa bouche comme une musique de cathédrale tellement ça sonnait pur. C'est Pierre qui m'a dit ça le lendemain. Comme une musique de cathédrale. J'ai trouvé ça tellement beau que j'en ai pleuré. Pierre aussi parce que la petite voix toute neuve de Bébé avait une intonation de bonheur.

Momo a ouvert le rideau. A tendu la main à la femme qui attendait patiemment d'être présentée et il a dit :

– Petite Maman, voici Pierre et Mylène. Et lui, c'est Bébé, ton petit-fils.

Pierre et moi, on a reconnu la femme que Momo dessinait toujours dans les nuages. Elle est naine. Bébé pensait que c'était une petite amie juste pour lui. Un genre de cadeau grandeur nature que son papa-mi lui apportait.

La tendresse m'habitait de la tête aux pieds. J'avais l'impression qu'on jouait tous dans un film. J'ai exécuté quelques pas de danse pendant que Pierre chantait à voix basse. Très très très basse. Un chant juste pour Momo et Petite Maman. Elle avait l'air d'un personnage de crèche. Elle faisait oui de la tête tout en tenant Bébé dans ses bras. On aurait dit qu'elle avait toujours vécu parmi nous.

Un tout petit instant d'éternité.

Des ponts, des nuages, Petite Maman et la musique.

Des volutes qui dansaient.

La féerie en personne s'animait à l'intérieur de notre rideau.

Chapitre VIII

La présence de Petite Maman me comble et me dévaste. Je n'y peux rien, c'est comme ça. Et c'est plus fort que moi. Quand l'absence de maman se pose partout où la vie reprend son souffle, quand tout ce qui lève me ramène à elle, je pleure encore beaucoup. Je m'effiloche comme une guenille usée chaque fois que le bonheur voudrait renaître.

Maintenant, je sais que la vie et la mort sont soudées l'une à l'autre. Qu'on ne détache pas la tristesse de l'étincelle qui cherche encore à rallumer la joie. Il faut juste laisser couler le temps. Maman m'a montré ça. Mais j'échappe encore de grands morceaux de chagrin que j'ai du mal à ramasser. Et puis, c'est si souvent que je revois les bateaux noirs qui passaient dans les yeux gris et rouge de papa. Faut dire que papa me manque. Faut dire que j'aimerais recevoir de ses nouvelles. C'est surtout ça qui me tue. Surtout ça. Et quand on est scié en deux sur le sens de la longueur, que d'un côté ça gargouille de joie et que de l'autre, ça se noie, c'est trop de déchirure, je pense.

Le Proprio, sa femme et la Petite Survivance sont revenus de leur séjour à Montréal. C'était si bon de les entendre brasser l'air du petit quotidien. C'était hier et il devait être minuit. Quelques heures après l'apparition de Momo et Petite Maman. Quelques heures après que Pierre et Momo lui avaient fabriqué un lit de fortune en plein centre du salon. Momo voulait prendre le rideau d'isolement sur la galerie et le transformer en lit à baldaquin. J'ai refusé. Pierre et lui en avaient les larmes aux yeux. J'ai sorti ma politesse des tiroirs et, comme je voulais que Petite Maman comprenne que je sais vivre, je lui ai demandé :

— Est-ce que vous tenez à baldaquiner ce soir ?

Elle a répondu non, et j'ai déclaré la discussion close. Momo s'est dirigé tout de go dans notre chambre et on ne l'a plus revu de la soirée. Pierre et moi, on n'a rien fait pour le retenir. Si la gêne l'étouffe, c'est bien tant mieux, que j'ai dit à Pierre. Ça prouve au moins qu'il est conscient. Petite Maman ne parlait pas, elle observait. Puis, je l'ai aidée à placer ses draps sur le divan, et c'est tout. Je tairai comment on a patenté notre nuit, Momo, Pierre et moi. Il y a des choses que même mon cahier ne saura pas. Il faut se méfier des écrits. Quelqu'un les trouve, et vlan ! On se ramasse flambant nu.

Ce matin, Bobonne, M. Oesfort et les Jos-Louis déjeunent chez le Proprio. On ne fait plus partie de leur décor. Ils ont appris à se passer de nous. On a beau savoir qu'on finit tous par être des oubliés, n'empêche que ça fait mal quand ça arrive. Pendant qu'on prenait notre café rideauté, on a vu passer les ombres de Bobonne et de M. Oesfort qui se rendaient chez les Proprios. Et j'ai entendu mon creux résonner dans la douleur de Pierre et de Momo. Quand Momo a vu Bébé tenter d'attraper les ombres au passage, il a verdi à vue d'œil. C'était pathétique. Il disait qu'on n'avait pas le droit de faire vivre Bébé dans l'ombre des gens et des jours. Que l'enfance peut rester marquée longtemps pour ça et qu'il fallait absolument faire quelque chose. Momo nous pardonne difficilement le rideau. Il dit que c'est indigeste. Que la quarantaine de la grippe espagnole, c'est révolu.

Petite Maman se tenait devant la porte. Ça faisait plutôt curieux de voir son nez aplati dans la moustiquaire. Surtout qu'elle a une dentition assez remarquable, je dirais. C'est un contraste intéressant par rapport à M. Oesfort, je trouve. Ses deux palettes dépassent un peu ses autres dents. Pas beaucoup. Juste ce qu'il faut pour se pincer la lèvre du bas si l'envie lui prend de parler au moment où il vaudrait mieux se taire. Même que son rouge à lèvres pâlit à l'endroit des marques du retiens-toi-donc.

J'ai déjà écrit combien Momo m'attendrit quand il sort ses yeux-brouillard-trouble. Chaque fois, c'est pareil. Ou je m'enfuis à cause de la douleur, ou je dérive dans ses bras pour pleurer des rivières. Mais aujourd'hui, Momo ressemble à un barrage et je sais qu'il m'en veut trop pour m'ouvrir les bras. Il a regardé Pierre à travers son bouillon et lui a dit :

– Explique-moi. Explique, Pierre. Dis-moi pourquoi on vit derrière un rideau. Explique-moi, Pierre.

Petite Maman s'est raclé la gorge pour le soulagement de sa lèvre et de son malaise et, quand Pierre a passé aux aveux, j'ai senti un ressort me pousser en dessous des pieds et j'ai déguerpi.

Je l'ai dit, la bravoure et moi, ça fait deux. Je suis allée faire peur aux ours. Dans le quartier, je les trouve moins menaçants que dans le bois. J'ai couru. Couru. Je me suis défoncée assez fort pour que le chagrin me sorte du corps. Par le creux de mon mal. Par ma déchirure. J'ai hurlé à fendre l'air. Hurlé. Pour dire comme les gens sont sympathiques, certains sortaient sur leur galerie pour crier plus fort que moi. Ça m'a soulagée. Même qu'on m'a demandé plus d'une fois si on nous reverrait bientôt tous ensemble, la clique et la gang. La rue est triste sans vous, qu'ils disaient. Ça m'a fait chaud.

À mon retour, Momo m'attendait sur la première marche du bas de l'escalier et, je le jure ! le cocorico ne flottait pas dans l'air. Il m'a remis une feuille et il est remonté aussitôt en imitant la barre de fer sans même me regarder. J'ai compris que ça barderait. Quand la Petite Survivance m'a envoyé des bye-bye par la fenêtre de sa chambre, j'ai pris un bouillon dans l'ombre de ses yeux. Sur le papier, c'était écrit :

Réunionnette
Urgence

L'heure était grave. Momo m'a ordonné de m'asseoir. Pierre et Petite Maman avaient déjà pris place autour de la table. Momo est allé fermer la porte, pour préserver notre intimité. Il attache beaucoup d'importance au côté secret de nos conversations. Surtout quand il s'agit de laver notre linge sale. Dans ses yeux, je lisais qu'il ne reculerait devant rien. Je comprenais que Pierre et Petite Maman étaient aussi décidés que lui. Plus décidés que décidés, je dirais. Quand Petite Maman s'est levée pour annoncer le début de la réunion-nette, j'ai remarqué son lien de parenté avec Momo par sa manière de respirer. Des fois, je me demande si c'est sa vraie maman, mais la règle est claire ici et on la respecte : pas de questions. Ça m'arrange assez bien pour l'instant, je dirais. Ce qui vaut pour moi vaut aussi pour elle. Si lui venait l'idée de questionner à propos de notre tricouple, plus particulièrement de nos cocoricos, je pourrais lui en boucher un coin. Ça lui rappellerait ses palettes du retiens-toi-donc. Mais ça va très bien côté discrétion et elle est plutôt gentille.

Alors Momo s'est levé et a déclaré : « Bébé en a pour une heure à dormir et nous, on va se parler dans le blanc des yeux. Si quelqu'un veut faire pipi ou n'importe quoi d'autre, qu'il y aille tout de suite. Une fois la réunionnette commencée, personne ne se lève ! » Fallait le voir. Une vraie beauté venue d'une autre planète. Puis, il ajouté que, dans une heure précisément, on aura trouvé le comment-qu'on-sort-de-ce-maudit-rideau-là.

J'ai regardé Pierre, Petite Maman, Momo et j'ai refait le trajet à l'envers : Momo, Petite Maman et Pierre. Pas de doute. J'étais vraiment devenue un centre de table. Momo m'accusait juste moi et moi seule. Pourtant, que j'ai répliqué, j'ai seulement fermé le rideau, moi. J'ai même ajouté que je déteste me faire utiliser à toutes les sauces et que Pierre et les voisins aussi avaient des torts. Momo a repris la parole et c'était comme si je n'avais rien dit. Sans me quitter des yeux, il a dit : « Il faut absolument profiter de l'été des Indiens pour régler ça, ce conflit-là. » Il a même tapé des doigts sur la table en prononçant le mot absolument. « Mon nom est Gaston si on laisse ce froid-là entreprendre les neiges. » Il a toussé. Ça devait être l'émotion. Petite Maman est montée sur la chaise libre juste à côté de lui pour lui taper le dos avec une cuiller de bois et l'aider à reprendre son souffle. « Ça va ? qu'elle demandait, ça va ? »

De toute beauté ! Elle respirait lentement entre chaque phrase. On aurait dit la fée des Glaces qui dégelait notre froid par son souffle chaud. Pierre en avait les yeux mouillés. « On peut poursuivre ? » qu'elle a demandé. Soufflée, j'étais soufflée. Merveilleuse Petite Maman avec sa façon de poser les yeux sur nous, avec sa cuiller qui bougeait comme un bâton magique, avec sa tête qui faisait oui comme le petit personnage de crèche à qui je donnais dix sous pour qu'il me remercie, avec sa douce respiration entre chaque phrase. Je sentais la joie réinstaller la vie. Momo l'a aidée à descendre de son podium. Dire tout l'amour dans leurs regards, c'est impossible. J'en avais la chair de poule. Puis, elle a fait tourner sa cuiller pour que l'air tourbillonne. La queue de cheval à Momo s'est mise à ballotter trois quarts de minute, je dirais. Fallait voir la beauté de tout ça. Fallait voir. Des fois, je me dis que ça ne sert à rien de chercher le bonheur ailleurs. Vaut mieux rester chez soi.

Il ne sait pas, Momo, mais il pourrait gagner pas mal d'argent comme maître de cérémonie. Il a la touche. Et quelque chose de plus. Une prestance dans le regard, je trouve. Quand il a affirmé que tout serait réglé définitivement ce soir à six heures tapantes, Pierre a répliqué : « Oublie ça, Momo… » Je le jure, il n'a même pas pu finir sa phrase. Momo lui a coupé le sifflet et l'a ramené à l'ordre en disant qu'il ne voulait pas qu'on parle tous ensemble. On doit lever la main pour le droit de parole, qu'il a ajouté. Premièrement, on ne parlait pas tous ensemble et deuxièmement, je trouvais que Momo en prenait large. Troisièmement, j'aimais ça. Pierre a ensuite levé la main. J'essayais juste de ne pas rire. On faisait tellement officiels. En plus, c'était la première fois qu'on vivait une réunionnette. Même quand on volait, jamais on n'avait recouru à ce moyen-là. Alors Pierre a expliqué que c'était impossible pour ce soir parce que le Proprio, sa femme et la Petite Survivance venaient tout juste de rentrer d'un long voyage et qu'ils seraient sûrement fatigués.

« Où-c'est-qu'y-avaient-tu-ben-d'affaire-à-aller-eux-autres ? » que Momo a demandé sur un ton d'impatience. Et Pierre a tout raconté. Quand je dis tout, c'est tout : qu'on avait négligé de leur faire des adieux au moment de leur départ, que les jambes de la Petite Survivance avaient commencé à bouger un peu, comme du jello qu'il a précisé. Que le froid avait ses raisons avec M. Oesfort, vu que j'avais refusé ses confidences au sujet du malheur de sa fille. Il a aussi parlé de nos visites à la morgue. Un vrai panier-percé. Même le départ de papa et le grand désert qu'on vit parce que papa ne donne pas de nouvelles.

Pour la morgue et le reste, j'ai remarqué que Momo n'en a pas fait un plat. Mais pour papa, ça lui a donné tout un coup. Il est si sensible, notre Momo ! Fallait le voir pomper l'air dans tout le blême de sa face. Pathétique. Je le dis comme je le pense, c'était vraiment pathétique. Il se tenait la tête à deux mains, Petite Maman s'envoyait pas mal fort les palettes sur la lèvre du bas et moi, j'essayais de ne pas pleurer, car je ne pensais plus qu'à papa. En même temps, je me sentais complètement amoureuse de mes deux coqs. Même si Pierre aurait pu s'empêcher de dire toute la vérité, rien que la vérité et juste la vérité, je l'aimais. À cause de ses beaux yeux et de la source que j'entendais couler. C'est une eau de source, Pierre.

Quand il s'agit de papa, Momo prend vite un bouillon. Il avait l'air d'un hot-dog à la vapeur trop cuit. Il nous a demandé si on avait d'autres nouvelles à lui annoncer. Pierre a fait maison nette, que j'ai répondu. Tu auras beau tourner et tourner la boîte à surprises, elle est vide de tout truquage. J'ai ajouté ça en regardant Petite Maman pour vérifier si elle écrivait, vu qu'elle était la secrétaire officiellement mandatée par Momo pour prendre des notes. Je dois dire qu'elle faisait un très beau travail. Puis elle a cogné trois coups sur la table avec sa cuiller pour suggérer une pause-santé.

Petite Maman a apporté du café et des pets-de-sœur. On a mangé sans parler et ça passait bien parce que c'était délicieux. Comme j'étais nerveuse, je mastiquais beaucoup pour ne pas m'étouffer. Je suis fragile à la pâte fraîche depuis la défuntisation de maman et la disparition de papa. Je ne savais pas que Momo pouvait diriger des réunionnettes aussi bien que ça. Lui et Petite Maman ont vraiment l'art de bien faire les choses et la pause-santé. Pierre et moi, on a beaucoup vanté les mérites des pets-de-sœur. Petite Maman a dit qu'on pouvait également (elle parle tellement bien !) appeler ça des nombrils-de-sœur. Et puis (c'est là que le fou rire nous a gagnés, Pierre et moi), elle a précisé qu'elle avait vu ça dans le dictionnaire des canadianismes. Momo était sérieux comme un pape. On voit qu'il ne digère plus les synonymes. Mais il a fini par sourire et la réunionnette a repris son cours. « Bon, qu'il a dit, il reste exactement vingt minutes avant le réveil de Bébé et personne ne va quitter cette table sans que l'histoire du rideau soit réglée. »

Ensuite il a donné à Pierre son droit de parole. Pierre se déclouait le bec et le reclouait sans un son, en gardant les yeux ouverts comme un poisson rouge dans un aquarium. Il a fait signe à Momo qu'il voulait passer son tour. Moi, je pense qu'il n'avait plus rien à dire, il avait tout déballé. Mais Momo insistait. Disait que ses objectifs étaient précis et qu'il fallait qu'on accouche. Tout de suite, qu'il répétait. Il tenait tête à Pierre et ça se voyait qu'il ne lâcherait pas le morceau. Pierre avait son droit de parole et Pierre devait parler. Point final.

Alors Pierre a juste dit qu'il rêvait qu'on trouve la solution pour sortir du rideau. Que si quelqu'un pouvait réussir ça, c'était Momo. Momo a avalé sa salive. Quand il fait ça, d'habitude, c'est signe d'une grande émotion. Puis, Momo s'est tourné vers moi. Il m'a invitée très précieusement à faire mon petit baratin vu mon droit de parole. On aurait dit qu'il avait hâte que je m'exprime : « Tout, Mylène. Tout. Je veux tout entendre ce que tu as à dire. Pourquoi tu es en colère, pourquoi tu fais peur aux ours, pourquoi tu nous tiens tous en laisse avec ton silence, pourquoi tu me mets au régime sec avec tes becs de sœur. Tout. Tu m'entends. »

J'en perdais mes moyens de transport. Je pensais juste au cocorico à venir, à la fée des Glaces et à Bébé qui dormait comme un petit ange. À la joie, aussi, qui voulait revivre. C'était comme si trois grenouilles sautaient dans ma gorge. Je pensais aussi à papa et à maman.

En dedans, ça pleurait et ça riait. J'ai pris un grand respir et j'ai dit « bis » en montrant Pierre du doigt. « Bis ? que Momo a répété en posant sur moi des yeux en points d'interrogation et en montrant Pierre du doigt. Tu veux dire que Pierre a dit les mots que tu aurais dits ? C'est ça que ton bis veut dire, Mylène ? » Oui, que j'ai murmuré comme enfermée dans un ballon bleu.

J'étouffais. J'avais chaud. Ça me gêne beaucoup de m'exprimer devant Petite Maman, notre invitée d'honneur inattendue. Elle a tellement de vocabulaire et de flair, en plus de cuisiner si bien. Quand j'ai repris mon souffle, j'ai levé la main pour un autre petit droit de parole. J'ai demandé à Momo ce qu'on allait faire à Noël vu la mort de maman et aussi la disparition peut-être pas encore réglée de papa. Il s'est approché, a dessiné un rond sur ma rotule droite et m'a dit qu'il fallait d'abord sortir du maudit rideau. « Après on verra, il faut prendre les choses par ordre de priorité », qu'il a ajouté. Il a avalé sa salive. C'était très émouvant. Sa pomme d'Adam s'agitait. J'ai pensé qu'il envisageait, lui aussi, un petit cocorico pour ce soir. « On va faire notre tentative pour les voisins à six heures tapantes », qu'il a dit. Puis, il a ordonné à Petite Maman de relire à voix haute toutes les notes et les résolutions adoptées.

J'ai levé la main une autre fois pour demander la permission d'aller pisser avant que Petite Maman s'exécute. Comme j'en ai reçu l'autorisation, j'ai répondu à mon urgence. Momo allait nous faire connaître sa solution pour qu'on sorte du rideau et je voulais être en très bonne disposition pour tout entendre. Pierre et moi, on regardait le bonheur nous passer dans les yeux. Ça m'a fait du bien d'un côté et ça m'a fait mal de l'autre.

Pour l'idée de la tentative à six heures, Pierre et moi, on a confirmé notre accord. Petite Maman a écrit UNANIMITÉ. Comme Momo a le mandat des idées, c'est toujours unanime, que j'ai pensé, et Petite Maman ne devrait pas l'écrire. Ça fait des lectures inutiles. Surtout qu'on n'est pas habitués à du papier de vérification et ça nous rend plus nerveux. Moi en tout cas. En plus, depuis qu'on a passé aux nouvelles, c'est la meilleure heure pour rejoindre la gang de toute façon. Le bloc les écoute toujours : les Jos-Louis parce qu'ils souhaitent être filmés un bon jour en train de ramasser leurs cochonneries, Bobonne parce qu'elle espère encore que l'espionne-au-chapeau-feutre-vert-foncé se fera prendre enfin par les policiers, le Proprio et sa femme parce qu'ils rêvent du jour où les nouvel-les seront bonnes. Ils ont même écrit une lettre bien avant leur mariage pour féliciter la télé au cas où ça se produirait. Leur lettre est jaunie, froissée et tachée de graisse mais prête à partir en tout temps. Et moi, pour le cas où on trouverait le corps d'un *no name*. Je n'ar-rête pas de penser à papa.

Quand Bébé s'est réveillé, j'ai proposé qu'on mette fin à la réunionnette. Parce que je voulais qu'il puisse s'amuser avec ses papas-mi vu qu'on était enfin en famille et aussi parce que j'étais fatiguée. Je ne suis pas forte depuis la mort de maman. J'ai du mal à faire mes jour-nées et chaque fois que le téléphone sonne, comme j'es-père toujours entendre la voix de papa, je raccroche en pleurant. C'est difficile. Tellement difficile. Tout est arrivé trop vite.

Petite Maman a secondé ma proposition. J'ai retenu mon fou rire. Elle a écrit l'heure de la fin de la réunionnette et aussi UNANIMITÉ. Je trouve qu'elle prend son rôle à cœur. Mes deux hommes ont joué à se passer Bébé qui riait si fort que j'ai senti la douleur de ma déchirure. Je leur ai demandé de me laisser la maison. De toute façon, il fallait faire des achats pour que notre plan d'action réussisse et ça ferait sûrement plaisir à Petite Maman de voir les belles Galeries de la Capitale. Et puis, ma déchirure demandait à dormir un peu. Ils sont tous partis en répétant la liste des choses à acheter pour notre plan. L'idée que le rideau disparaîtrait ce soir les rendait déjà au bonheur.

Pour ma part, j'étais plutôt triste. Dès que je les ai vus monter dans l'autobus, j'ai téléphoné chez maman pour entendre sa voix dans le répondeur. Je fais toujours ça quand j'ai la chance d'être seule. Sa voix morte-vivante est blanche et chaude. Accueillante. Douce. Aimante. Bonne. Et quand je garde longtemps le silence après, j'entends maman bercer mon âme. Je parviens même à cueillir les perles qui s'échappaient de son rire le jour où j'ai accouché de Bébé. J'ai l'impression qu'elle vit en moi. Que c'est juste elle qui pourra recoudre ma déchirure. Ça finit par me réchauffer le dedans. Quand je vais mieux, je pratique ma comptabilité pour le jour où on aura notre ferme. En même temps, j'arrive à me distraire. Je fais tout pour y parvenir. Tout : des additions, des multiplications, des divisions, des soustractions sur vingt, trente, quarante colonnes. Je me vérifie à la calculatrice, m'applaudis très fort quand je réussis mes calculs. Parfois, ça rallume un peu mon désir et d'autres fois, tout s'éteint. Tout s'efface encore. Je me couche alors en pleurant pour me relever en pleurant. Je végète. Je mets mon téléphone au frigo, dans le tiroir des légumes. Et même s'il fait chaud dehors, tout me paraît froid. Comme l'absence de papa, comme la mort de maman, comme le téléphone et la crème glacée.

Mais aujourd'hui, j'essaie de garder le moral. Il le faut. Parce que, si le rideau tombe, ça va sûrement nous égayer un peu. Je prends un bain. Me savonne, me resavonne. Je m'essuie. Me fais un chignon lourd, tombant. Je sors deux ou trois mèches. Enfile ma robe pour faire venir le bonheur. Donne un dernier coup de téléphone au répondeur et m'endors jusqu'à leur retour.

Un vrai branle-bas de combat avec leurs sacs, leur agitation et les plans de dernière minute. Dire qu'on avait des papillons dans l'estomac ne suffirait pas. C'étaient plutôt des goélands. Lourds. Si lourds qu'on n'a pas pu souper. Momo avait tout orchestré de ses mains de maître. D'abord, Pierre devrait chanter de sa voix la plus chaude. Il porterait un gros nœud papillon dessiné en rouge par Momo lui-même sur son t-shirt noir. Un vrai Claude Dubois en pas mal plus beau.

Fallait, pour commencer, gagner le cœur de Bobonne et on ne négligerait rien. Même qu'on s'attendait à ce qu'elle nous complique l'existence. Des fois, elle court après le grabuge. Surtout quand elle a une petite vengeance à exercer. Alors, on a joué du violon pas mal fort pour elle. Pierre s'est offert comme un page au service de notre vénérable Reine. Trois courbettes à exécuter juste pour elle en chantant. Même qu'il portait des gants noirs comme un vrai chauffeur de limousine. Petite Maman avait pris soin de préparer Bébé. Elle lui avait fait un beau petit coq sur le dessus de la tête pour le rendre encore plus charmant sur sa balle de foin. Elle lui avait mis son habit le plus beau. Celui-là même que notre vénérable Reine avait confectionné avec tant d'amour et de minutie. Une fine broderie de petits canards parait les manches de son chandail et le bas de sa culotte. De toute beauté ! On a même montré à Bébé à dire « coin-coin » en se tournant la tête pour saluer Bobonne. *Yoin, yoin*, qu'il répétait. Il est irrésistible, que disait Petite Maman. Irrésistible.

En tout cas, Bobonne pourra dire qu'on ne niaise pas avec la poque quand on veut lui faire honneur. Petite Maman avait même recouvert notre table d'une nappe en imitation de dentelle pour consacrer son amour pour les tissus et la broderie. Et comme elle ne peut pas plus résister aux chandelles odorantes qu'aux fous rires, on en a allumé une au parfum de rose et une autre à la lavande.

Bébé savait que quelque chose de grand se vivait ici. À l'instant même. Il s'était assis sur sa balle de foin en laissant pendre dans le vide ses petites pattes qu'il agitait avec son charme fou. Même son coq battait au vent. Quant à moi, je devais tourner, tourner, pivoter sur moi-même en sortant discrètement ma main droite du rideau pour charmer les Jos-Louis avec ma bague de plastique bleue. Momo, lui, construisait ses ponts avec ses bâtons de popsicle en sifflant l'air que Pierre chantait. Petite Maman ne faisait pas partie du décor. Elle avait refusé. Elle disait que c'était notre histoire. Mais elle se tenait juste derrière la porte et, à travers la moustiquaire, sa présence rendait notre décor mystérieux.

La mise en scène était parfaite. On avait convenu que le rideau devait rester fermé. Pour la vie qui se devait de revivre dans notre espace d'abord. À l'abri des regards. C'était aussi notre façon de signifier aux voisins notre désir de les revoir. Notre premier pas. Et le deuxième dépendait d'eux.

Quand Pierre s'est mis à chanter, j'ai vu pousser des fleurs sur sa poitrine. De beaux arbres aussi. C'était comme si je dansais dans un jardin de rêves. Dire toute la tendresse de Momo quand il collait ses ponts, dire notre bonheur quand on a entendu la porte de chez Bobonne, de chez les Jos-Louis et de chez les Proprios s'ouvrir en même temps m'est impossible. Toutes les ombres des voisins sont entrées par le rideau. Bébé jouait à les attraper. À les toucher. Il riait de ses six magnifiques dents à chaque mirage. Les ombres et moi valsions au rythme de la joie qui revenait. Même notre vénérable Reine avait l'air d'une gazelle dans les bras de M. Oesfort qui, vêtu de noir, ressemblait comme deux gouttes d'eau au Fred Astaire que maman aimait tant.

Et pour la première fois depuis des mois, l'ombre de la Petite Survivance s'est tenue debout un très court instant. Le Proprio, sa femme, les Jos-Louis, Bobonne et M. Oesfort ont applaudi. Puis, tout a figé. Seule l'ombre de la Petite Survivance bougeait.

Elle s'est avancée pour l'œuvre sacrée.

Elle a levé les bras et a tiré le rideau.

Un filet mignon de salive fraîche dégoulinait sur le menton encore tout neuf de Bébé. Le filet d'un fou rire plus doux que la plus belle des musiques. Le Proprio et sa femme ont aidé la Petite Survivance à se rasseoir. Et là ! Quoi-c'est-qu'y-s'est-tu-pas-passé ? Bobonne est entrée la première à l'intérieur du rideau. Les autres attendaient son signal. Faut dire qu'elle et M. Oesfort ont des allures de grands seigneurs des premières colonisations quand ils s'y mettent. Momo dit toujours quelque chose qui ressemble à ça quand il parle d'eux. Et quand Bobonne a aperçu Petite Maman, elle a hurlé. On a eu peur, Momo, Pierre et moi. Peur qu'elle la prenne pour son espionne-au-chapeau-feutre-vert-foncé modèle réduit et que ses lubies se réveillent encore. Mais non ! C'était un cri d'exclamation. Elle la trouvait belle. Puis, elle a invité la gang à venir contempler notre invitée d'honneur.

Petite Maman faisait oui de la tête en saluant tout le monde chacun son tour. Elle est merveilleuse et je la soupçonne de le savoir. La Petite Survivance aurait pu avaler des oiseaux tellement sa bouche ouverte s'extasiait. Ils lui ont tous baisé la main à tour de rôle. Petite Maman se prêtait à leurs gestes solennels et la joie de nous savoir enfin libérés du rideau se lisait sur son visage.

On s'arrachait Bébé. C'était à qui le prendrait dans ses bras. Et tous comptaient ses dents, et tous applaudissaient ses deux nouvelles et son petit coq de fermier en herbe. J'aime quand on aime Bébé. J'aime la joie qui court dans les yeux du bloc quand la vie réinvente sa chanson. « Tu vois, Mylène, que m'a dit Momo en me caressant la joue gauche, le bonheur nous attend toujours quelque part où le malheur nous tient. » Ses mots flottaient dans un bain de larmes. Et tous les trois, on s'est aimés du bout des yeux dans la joie naissante d'un cocorico à venir. Petite Maman a sorti des pets-de-sœur, des biscuits à la mélasse et du café tandis que la femme du Proprio descendait juste sur une pinouche nous chercher sa soupe aux gourganes. C'était la fête.

Les Jos-Louis, Momo et le Proprio ont fabriqué le lit à baldaquin pour Petite Maman. On l'a fait se coucher plusieurs fois pour vérifier la solidité de l'ouvrage. Au premier essai, les Jos-Louis se sont étendus sous le lit au cas où tout s'écraserait. Ils ont bien fait. « Bim bala-boum boum boum », qu'ils ont dit quand Petite Maman est tombée sur eux. « On va solider le côté droit. » Au dernier essai, quand Petite Maman a souligné la perfection de leur travail, ils ont levé le bras droit en même temps comme des joueurs de hockey.

Pendant que la Petite Survivance promenait Bébé dans sa chaise roulante pour l'endormir, qu'elle l'enveloppait délicieusement dans ses bras et lui chantait une berceuse, le Proprio, Pierre et Momo parlaient de l'été des Indiens. Ils disaient que le temps nous faisait cadeau d'un trois jours de chaleur et que ce serait bien de se recharger les batteries par une dernière parade avant l'hiver. « Il faut profiter de l'occasion », qu'a dit le Proprio.

J'ai demandé à la gang de vider la baraque, parce que je m'endormais, et aussi pour mon désir secret d'un cocorico. Petite Maman avait deviné. Elle s'est levée d'une façon très majestueuse et a dit : « Pour la joie de tous, je me fais tirer. Le gagnant m'amènera coucher chez lui. » Elle m'a confié son chiffre. Tout le monde la voulait. Tout le monde. En réalité, ce sont les Jos-Louis qui l'avaient gagnée, mais j'ai fait semblant que la gagnante était Bobonne. Fallait voir le bonheur dans les yeux de notre vénérable Reine.

Ce cocorico-là, je le garde gravé dans mon cœur. Il portait toute la grandeur d'un coucher de soleil et ravivait le rêve de notre ferme. Si la disparition de papa ne m'avait pas tant inquiétée, j'aurais pu parler d'une nuit parfaite. Mais je continue de m'éveiller dans un bouillon et mon oreiller mouillé me prouve bien que je ne suis pas sortie du bois. Mais, comme me répond Momo, je suis au moins sortie du rideau. C'est déjà ça. Il a raison, notre Momo. Il a toujours raison.

Chapitre IX

Il faisait chaud dans mon rêve. Nana Mouskouri chantait. Fort. C'était ailleurs. Une musique grecque avec des accents graves et aigus. Un vent léger soufflait dans la maison. Il venait de loin. Des milliers de confettis se répandaient tout autour de moi. De toutes les couleurs. J'étais seule.

Puis, j'ai vu maman. Elle souriait. Posait ses doigts sur les cordes d'une harpe immense. Bobonne aurait aimé sa robe et ses souliers. Moi, c'est son amour que j'aimais. Son amour. Il était vert et rose. Comme sa robe et ses souliers. Nana Mouskouri chantait plus fort encore. Je fermais les yeux pour tout entendre. Ne rien manquer. Quand je les ouvrais, maman m'apparaissait encore plus belle. Encore plus grande dans sa robe à étages qui racontait le temps. Et son écharpe rose descendait vers moi, me caressait. Sa harpe s'est changée en rose. Ses pétales étaient blancs. Beaux. Maman volait vers moi. Plus elle s'approchait, plus elle se réduisait. Quand elle est devenue petite, très petite, j'ai ouvert la bouche et je l'ai avalée.

C'était si bon. Ça goûtait le chocolat belge qu'elle m'offrait quand elle voulait me faire plaisir. Et la musique jouait. Et j'entendais maman bercer mon âme. Et…

Je me suis réveillée.

Bébé dormait comme un ange. Les mains ouvertes de chaque côté de la tête. C'est comme une offrande, j'ai pensé. J'ai tracé une lune dans le pli de sa main gauche et une étoile dans la droite. Quand je lui ai caressé la joue, de grands frissons m'ont parcouru le corps. C'était comme s'il me traversait lui aussi.

C'était tellement grand que j'ai pleuré.

Il faisait nuit qui s'achève. J'ai mis mes jeans, mon gilet vert et le manteau long de Momo pour qu'il traîne sur le trottoir. C'était pour effacer ma tristesse. La balayer. Et j'ai marché. Longtemps. Loin. Je ferais lever le jour, ce matin-là. Et j'y croyais. Avec maman en moi, tout redevenait possible. Tout : notre ferme, le retour de papa, le bonheur et même la guérison de la Petite Survivance. Tout.

Les maisons dormaient encore. Et je n'étais plus seule. J'entendais maman marcher dans des nuages tout en fleurs. Je respirais à grands coups. Ça sentait bon comme des galettes chaudes et des crevettes à l'ail. Si bon. Tellement bon. Des matins comme ça, on en vit un et on s'en souvient longtemps.

Puis, j'ai refait mes pas à l'envers. J'accélérais ma marche pour m'essouffler. Pour mieux souffler la noirceur. La faire disparaître. Les lumières des maisons s'allumaient. S'allumaient. Le noir prenait un peu de jour. J'aimais le calme de ce silence-là.

Cinq maisons me séparaient de Pierre, de Momo et de Bébé. Je me suis assise sur le bord du trottoir pour garder maman encore un peu. La garder juste pour moi.

Aussi parce que j'avais peur de la perdre. Aussi parce que je voulais que la journée lui ressemble. Qu'elle soit verte et rose comme elle l'était dans mon rêve. J'ai fermé les yeux pour imaginer un lever de soleil en campagne comme ceux que je verrai pour vrai quand on aura notre ferme. Le ciel dansait et ses couleurs m'enveloppaient.

Quand on a avalé sa maman, j'ai pensé, elle ne peut plus jamais partir. Ni même mourir. Et ça m'a consolée de la savoir en moi à jamais.

Puis, j'ai entendu des bruits. Ça venait de chez nous. Pas surprenant, ça prend juste ma gang pour faire un vacarme pareil à six heures du matin. Plus j'approchais et plus les bruits grossissaient. Et là ! quoi-c'est-que-j'ai-tu-pas-aperçu-sur-la-galerie ? Huit bougies. Derrière chacune des bougies : Pierre, Momo, Bobonne, M. Oesfort, le Proprio, sa femme, la Petite Survivance et Petite Maman qui tenait Bébé qui, lui, tenait un suçon enveloppé dans du cellophane recouvert de petits points fluo pour imiter une bougie. Tous, ils encerclaient les Jos-Louis qui sciaient et mesuraient des barres de métal. Ils m'ont saluée et j'ai juste fait bonjour de la tête. J'avais besoin d'être seule encore un peu.

— On éclaire les Jos-Louis, Mylène, que m'a expliqué la Petite Survivance quand je suis passée près d'elle.

Il faudrait beaucoup plus que des bougies pour réussir ça, que j'ai pensé, mais je n'ai rien dit. Et j'ai parcouru les pièces de notre logement une à une. C'était comme si je déposais maman partout où je vivais. Partout. Une fois la clarté venue, ils m'ont appelée. J'ai ouvert la fenêtre et me suis sorti la tête comme le petit clown de chez Wallmark que j'irai acheter pour Bébé quand on sera riches et célèbres. À part la tête, pas question de signifier ma présence. Oh non ! pas question ! J'avais le cœur, les bras et les jambes ailleurs. J'étais avec maman.

Les Jos-Louis n'arrêtaient pas de scier des barres de métal fluo tirées de cinq bicyclettes récupées. La Petite Survivance m'a fait un sourire à vous couper le souffle et m'a dit que les Jos-Louis lui fabriquaient des appareils pour le jour où elle pourra tenir debout sur ses deux jambes plus longtemps.

– C'est pour le rêve, Mylène. Pour qu'elle croie que ça va arriver, a dit un Jos-Louis.

– Pour qu'elle y croie, a répété l'autre.

Ils m'ont émue je dois dire. Autant les Jos-Louis m'énervent, autant ils me touchent par leurs élans de générosité. Ils entassaient les barres de métal, s'obstinaient, demandaient l'avis de la Petite Survivance et finissaient par s'entendre sur la forme, la longueur et la couleur de chacun des appareils. Notre vénérable Reine n'avait rien négligé pour eux. Elle leur avait confectionné un costume digne de deux frères jumeaux sortis tout droit d'un Tintin. Ne manquait plus que Milou.

En habit de noces, le Proprio se tenait droit debout comme pour consacrer l'instant. Il retenait son souffle pour ne pas déchirer son pantalon trop serré, car il avait passablement engraissé depuis le temps, qu'il a dit. Sa femme aussi portait sa robe de mariée. « On se remarie, Mylène, avec la vie cette fois. Parce que le fixe commence à me lâcher. » En tant que maman, je comprenais sa joie.

Petite Maman portait de belles pantoufles roses qui s'attachent au milieu du mollet par un ruban vert. Au bout de ses pieds, deux petits grelots sonnaient chacun de ses pas. On retrouvait les mêmes couleurs et les mêmes broderies sur le bonnet de la Petite Survivance. Au bout de la pointe qui se rabattait et longeait son profil jusqu'à l'épaule droite, un petit grelot.

On aurait pu suivre pas à pas Petite Maman les deux yeux fermés. Elle allait chez Bobonne et en revenait les bras chargés de petits pains chauds, de quiches et de confitures. Bobonne versait le café en courtisant du coin de l'œil son bon M. Oesfort qui, lui, faisait tourner un Life Savers pour amuser Bébé, qui riait. Qui riait tant. Fallait voir notre vénérable Reine se bomber le torse chaque fois qu'on lui faisait des compliments sur ses confections. Depuis que M. Oesfort est entré dans sa vie, des fois, je le jure, on en oublie ses lubies. Et quand elle est aussi belle, personne ne peut douter qu'elle a déjà été de la Haute.

Je me suis mise à pleurer quand j'ai vu Bébé, je le trouvais tellement beau. Trop beau pour être vrai, j'ai pensé. Milou en personne. Rien de moins. J'ai ouvert la fenêtre pour féliciter notre vénérable Reine pour ce si beau costume d'Halloween. Bobonne, elle, portait une robe indienne aux coloris d'automne et un chapeau noir garni de plumes pour accompagner la veste à franges de M. Oesfort.

– On fait honneur à l'été des Indiens, qu'a dit M. Oesfort.

Pierre portait un costume à la Pavarotti et, pendant que Momo s'affairait à vérifier la civière de fortune de la Petite Survivance, il faisait des vocalises. Momo avait l'air du plus beau et du plus grand des manitous. La Petite Survivance avait demandé de se coucher pour la parade, à cause de sa fatigue. Elle voulait rester avec nous jusqu'à la fin.

Puis, comme si tout le monde s'était consulté, on n'a plus entendu un bruit. Rien. Je me suis sorti une autre fois la tête par la fenêtre pour vérifier le silence et ils m'ont tous applaudie. Bobonne et Petite Maman tenaient chacune un cadeau enveloppé dans du papier neuf juste pour moi. Et tous se sont mis à chanter : « Ma chère Mylène, c'est à ton tour, de te laisser parler d'amour… » D'abord, j'ai ouvert le cadeau de Bobonne. Je n'en croyais pas mes yeux. Elle avait cousu un costume de Tintin juste pour moi. Je m'imaginais déjà passer l'Halloween avec Bébé.

– J'ai cousu beaucoup dans le temps du rideau, Mylène. Pour le jour de nos retrouvailles et de notre parade.

Elle a dit ça, Bobonne, avec les yeux qui lui roucoulaient dans l'eau. Elle a ajouté que j'étais pour elle ce que sa fille aurait été si elle en avait eu une. Moi qui étais en manque d'une maman, ça m'a touchée pour vrai.

Puis, j'ai pris le cadeau que Petite Maman me tendait et j'ai fondu en larmes. J'ai cru ne plus pouvoir jamais arrêter de pleurer. Je ne l'avais pas encore ouvert, mais ça sentait bon le neuf. Je ne pouvais pas croire qu'elle avait fait cette dépense pour moi toute seule. Un vrai cadeau. Neuf. Sorti tout droit d'un magasin. Encore scellé. Que personne n'avait ouvert avant moi. Un cadeau juste pour moi : le premier *Petit Larousse* du siècle. Le 2001. Même le papier d'emballage n'avait jamais servi. Tout était flambant neuf. Tout. Jusqu'au chou. Jusqu'au ruban. Tout. Même la carte. Ça me reposait des cochonneries. Je n'ai pas ouvert mon dictionnaire. Ni ne l'ai sorti de son emballage transparent. Il y a des choses qu'on aime faire dans l'intimité. Et c'est absolument nécessaire de respecter ça. Ça me chamboule, un dictionnaire, ça me fait penser à la naissance de Bébé. À toute la vie d'avant lui, à celle qui vivra après moi. Après Pierre et après Momo. Et j'écris ici que Momo devra attendre un mois avant que je lui prête mon dictionnaire. Que s'il en a besoin, il n'aura qu'à se rendre à la biblio. Je le souligne en jaune pour ne pas céder. Il n'avait qu'à ne pas disparaître tout ce temps. La morgue a laissé des relents qui remontent encore et j'ai bien envie de m'en débarrasser. Point.

Je suis sortie pour la parade. J'avais choisi de remettre le long manteau de Momo. Au cas où je n'aurais pas tout balayé de la tristesse. Bébé s'est dirigé vers moi en riant. Je l'ai serré dans mes bras. Je l'ai gardé tout contre moi en étouffant tant bien que mal le chagrin et la joie qui me serraient la poitrine.

Comme Bobonne nous avait si bien confectionnés chacun à notre façon, on l'a honorée de la noble tâche de tout décider : le rang que chacun occuperait et l'endroit où on irait. On est comme ça, nous. Pleins de reconnaissance. Alors, sous les directives de Bobonne, Pierre ouvrirait la parade. Derrière lui, Bébé et moi entre les Jos-Louis. Puis suivrait la Petite Survivance qui partagerait sa civière avec Petite Maman, vu la ressemblance de leurs costumes. Ensuite, nos deux noceux du jour, « pour se rappeler que la vie ne tourne pas toujours au noir » qu'ils disaient avec tellement d'émotions dans le regard. En qualité de grand manitou, Momo prendrait place entre Bobonne et M. Oesfort. Ensemble, ils fermeraient nos rangs.

Au signal de Bobonne, Pierre s'est retourné pour nous voir tous. Je pense qu'il nous a trouvés très beaux. J'ai lu ça dans ses yeux et dans l'émotion qu'il ravalait. Et nous sommes tous partis dans l'ordre. Les gens sortaient sur notre passage. Ils applaudissaient. Riaient. Plusieurs nous criaient de repasser encore. Petite Maman leur envoyait de grandes salutations. Pierre chantait et le bonheur revivait. Un bonheur plus fragile, vu qu'on a souvent la larme à l'œil à cause de la mort de maman et de la disparition de papa. Entre ses chansons, Pierre se tournait, nous souriait. Il demandait à Bobonne :

— Par où tu veux qu'on tourne, Bobonne ?

— Par là.

Je ne m'étais pas trompée. J'avais vu juste. Bobonne nous conduisait tout droit au Normandin pour fêter notre réconciliation, notre projet de ferme et la vie qui semblait regagner le corps de la Petite Survivance, et aussi, qu'elle a dit, pour présenter Petite Maman au personnel qui nous reçoit toujours si bien. Elle avait tout prévu. Tout. Elle avait même commandé un gâteau Reine-Élisabeth pour couronner notre sortie, en plus du repas qu'elle nous payait et du café à volonté.

Quand notre serveuse habituelle a aperçu Petite Maman, elle a souri, de bonheur, je crois. Bobonne lui a demandé si elle s'était ennuyée de nous et elle a juste sifflé un petit oui très timide entre les dents. « Je la comprends, qu'a dit Bobonne à Momo, quand on travaille, il faut toujours être assez professionnel pour ne pas montrer ses préférences. » Bébé s'est endormi dans son plat de spaghettis, le pauvre. On a bien ri. Un peu plus tard, on est tous repartis dans l'ordre.

Et là ! quoi-c'est-que-Bobonne-nous-a-tu-pas-réservé-comme-surprise ? J'en suis tellement émue que j'ai du mal à l'écrire. Elle disait à Pierre de tourner à gauche, puis à droite. Pierre suivait ses instructions à la lettre. Et avec tous ces détours, on s'est finalement ramassés à un coin de rue de l'église où Pierre chantait dans le temps qu'il avait des contrats. Fallait le voir quand il a réalisé. Fallait le voir ! Il a arrêté net la marche, il a regardé Bobonne et lui a demandé : « Pourquoi tu m'as fait prendre ce chemin-là, Bobonne. Pourquoi ? » Elle lui a répondu avec une très grande noblesse et autant de sincérité, je dirais, que c'était pour lui rappeler que le travail devra reprendre bientôt vu que la vie continue pendant qu'on arrête et vu le retard des économies dans nos bas. Elle m'a piqué tout un clin d'œil à part de ça !

D'un côté, j'étais contente, parce que Pierre devait absolument recommencer le chant et, de l'autre, je me sentais triste, parce que je savais que, depuis sa crise de vedette, il n'avait plus jamais remis les pieds à l'église étant donné que le curé l'avait congédié. Comme il refusait d'avancer, et comme les gens commençaient à nous regarder de travers vu qu'on se tenait au beau milieu de la rue et qu'on bloquait toute la circulation, Momo le grand manitou s'est approché de Pierre. Bobonne, en tant que responsable de l'événement, est allée discuter avec eux pour convaincre Pierre de se rendre à l'église sur-le-champ afin de proposer au curé de chanter encore. Sans discussion, qu'elle a dit. Sans discussion. On se serait crus dans un film d'action. J'aimais ça.

Quand Pierre a décidé de repartir, on l'a tous applaudi. J'étais au comble de la joie. Je comprenais, par ce geste, qu'il n'avait pas oublié notre rêve. On est tous entrés dans l'église. Le curé a interrompu sa communion tellement il était surpris de nous revoir. Puis, Pierre s'est bombé le torse et s'est mis à chanter de sa voix la plus pure son *Ave Maria*. Les endeuillés se sont tournés vers lui et l'ont applaudi. Je le dis comme je le pense, on aurait dit que le curé avalait toutes les hosties, comme si la communion venait de tourner de bord.

Et comme on ne partait pas, et comme le curé réfléchissait tellement qu'il en rougissait, Petite Maman s'est mise à faire sonner ses grelots en agitant ses jambes. Puis, elle lui a dit que Pierre était son fils et qu'elle ne doutait pas qu'il saurait prendre ses responsabilités. J'ai trouvé qu'elle mentait bien et ça m'a un peu inquiétée pour Momo. On ne sait jamais ce qu'on hérite des parents. Comme on était décidés à ne pas quitter cette église avant la réponse et comme le curé a dû le sentir, il a finalement dit à Pierre qu'il lui donnait sa dernière chance. Momo s'est jeté dans les bras du curé pour le remercier et Pierre n'a rien dit tellement l'émotion l'étranglait. On s'est ensuite dirigés vers chez nous sous l'œil ravi des voisins qui attendaient notre retour.

~

Pour le reste des choses, j'ai du mal à l'écrire. On a traversé novembre sans vraiment reparler au Proprio, à sa femme et à leur Petite Survivance. Puis, l'hiver est venu. Avec ses froids, ses gris sales et ses maudits cafards. Et concernant mon papa, je ne savais toujours pas ce qu'il devenait. Je trouve que c'est con du monde quand ça veut être con.

Un soir, on a senti que le Proprio avait besoin de nous. On les avait entendus pleurer, lui et sa femme, la veille au midi. On espérait se tromper mais on tenait quand même à vérifier. Comme on faisait le sapin de Noël, Momo a décidé de le clouer dans le plancher en vargeant à coups de marteau. Et il vargeait, Momo. Le Proprio est monté dans une colère noire. Ce n'était pas un jeu, je le jure. Il nous a traités de fous en gesticulant tellement qu'il s'est mis à suffoquer. Montée sur une chaise, Petite Maman l'a aidé à reprendre son souffle en lui tapant le dos. C'est juste quand Momo a arrêté de clouer qu'il est revenu à lui.

Et c'est là qu'on a appris la nouvelle. Fallait entendre débouler ses mots bouffis, sortis tout droit de son chagrin. Il nous a dit que sa Petite Survivance rechutait. Qu'elle venait d'entrer à l'hôpital et que, peut-être, c'était le début de la fin. Le docteur a dit ça, qu'il a précisé de sa voix remplie de larmes sèches. On avait beau s'en douter, on avait mal quand même. « Je l'aime tant, que Bobonne disait. Tellement tant ! » Et elle pleurait, notre Bobonne, quand son bon M. Oesfort l'a aidée à se lever pour l'accompagner chez elle. Quant aux Jos-Louis, ils sont repartis dans la pesanteur de la nouvelle sans qu'un seul mot leur sorte du gosier. C'était le 15 décembre. Bébé dormait. Je m'en souviens. Bébé dormait. Pierre, Momo et moi, on l'a regardé longtemps, ce soir-là. Longtemps.

C'est étrange les intuitions, je trouve. Ce matin-là, je m'étais levée avec la certitude que papa téléphonerait. Toute la journée, je m'étais préparée à la joie de l'appel avec cette petite hâte qui fait qu'on a l'impression d'être sur un nuage. Mais après la visite du Proprio, j'avais le cœur si gros que j'ai à peine parlé quand il a appelé. De toute façon, papa parlait sans arrêt. Comme les gens malheureux qui ont peur de laisser de la place aux idées des autres, que Momo m'a expliqué après. « Il faut qu'ils parlent, Mylène. Il ne faut surtout pas qu'ils entendent ce qu'on aurait à dire. C'est comme ça que ça marche quand l'orgueil et la douleur ne supportent pas le silence. »

Papa m'a promis qu'il serait avec nous pour fêter Noël. Il a dit qu'il s'ennuyait de Bébé et de moi. Qu'il parvenait lentement à reprendre goût à la vie. Que peut-être il reviendrait vivre ici un jour et peut-être pas. Qu'en attendant de nous revoir, il saluait Momo et embrassait Bébé. Qu'il voudrait coucher dans la petite chambre de fortune de Bobonne, si elle acceptait de le recevoir, parce qu'il serait plus près de nous en même temps qu'il pourrait aussi se reposer de nous. De Pierre surtout, qu'il a ajouté. Parce qu'il ne pouvait plus aller dans sa maison. Ça non. Il ne pouvait plus, qu'il répétait. Ça non ! Vraiment pas. C'est comme ça qu'il parlait. Vite. Avec beaucoup d'idées mélangées et presque pas de silences. Comme des vagues qui n'arrêtent jamais leur mouvement. Et aucune question sur ma vie, sur mes inquiétudes et, d'une façon plus personnelle, sur moi.

Quand Pierre m'a demandé si papa lui faisait dire bonjour, j'ai dit oui. Ça l'a bien ému. Momo savait que je mentais, mais c'est bon de mentir parfois, qu'il m'a dit. « À cause des illusions qui peuvent nous bercer. » Et puis, je ne me sentais pas capable de lui dire que papa avait crotté sur lui. On n'est pas obligé de prendre tous les chagrins qui passent, je pense.

Quant à Momo, la nouvelle de la Petite Survivance l'avait tellement attristé qu'il ne pouvait pas se réjouir pour l'instant de la venue prochaine de papa. Moi non plus d'ailleurs. Papa arriverait dans neuf jours précisément. C'est tout ce que je savais.

Chapitre X

Bébé est inconsolable. Ça dure depuis trois jours entiers. Il partage la plupart de ses jeux avec Petite Maman, lui raconte tout, lui baragouine des histoires à propos des personnages dessinés par Momo sur les bobines sans fil que Bobonne lui ramasse, mais, dès qu'on l'approche, Pierre, Momo ou moi, il nous repousse. Il colle sa tête contre la poitrine de Petite Maman, s'agrippe très fort à elle. Pierre, Momo et moi, on ravale assez pas mal merci beaucoup.

– Il nous en veut, que répète Momo.

Bébé dit *ayi ayi*. Il tire la robe de Petite Maman, lui donne des bisous, la réclame sans arrêt. Quand il se réveille la nuit, il frotte ses petits yeux avec ses poings et ne nous tend plus les bras. On ne peut même pas le prendre. Si on essaie de le consoler, il baisse les yeux et fait non de la tête. Il se met en boule dans sa couchette et se referme comme une coquille. Sitôt qu'il aperçoit Petite Maman, il la regarde avec sa suppliance et il lui ouvre grands les bras.

Les larmes inondent ses petites joues. Et ces pleurs-là ne sont pas des pleurs de maladie. Non. Ceux-là, on les connaît bien. Il s'agit d'une autre souffrance. Petite

Maman console son petit corps tout plein de chagrin. Bébé repose longtemps sa tête sur sa poitrine, comme si le réconfort se trouvait juste là. Et quand on le prend malgré tout, on a beau le bercer, le caresser, rien n'y fait. Rien. Il gigote, se raidit et hurle à tout fendre jusqu'à ce qu'on le remette à Petite Maman.

– Il pense que je suis son amie parce que je suis petite. Faut pas s'en faire.

Petite Maman dit ça pour nous rassurer. Peut-être aussi pour faire taire son malaise vu que Bébé la choisit toujours. Mais nous, on sait qu'il y a de quoi s'inquiéter. On le connaît, Bébé. Il n'a plus dit « papa » depuis le retour de Momo. Lui qui vient tout juste d'apprendre le mot « maman », il refuse de le prononcer. À croire que je ne suis rien pour lui. À croire qu'on est devenus des étrangers pour lui.

– Il en a vu couler de l'eau depuis le décès de ta maman, Mylène.

Petite Maman dit ça en lui caressant le front. Je n'avais pas réalisé qu'une si petite vie pouvait porter de si lourds chagrins. Je veux dire des chagrins qui ressemblent aux nôtres. Pour les amygdalites, les otites et le reste, oui, ça, je savais. Mais pas la souffrance du cœur. Je ne savais pas. Et j'ai honte. Tellement honte. Dire qu'on n'a même pas pensé qu'il pouvait avoir de la peine. Pauvre pauvre Bébé ! J'ai si mal pour lui. Et pour Pierre aussi. Pierre qui a le cœur plus gros que trois autobus remorqués l'un en arrière de l'autre. Il ne se pardonne pas d'avoir laissé Bébé courir les ombres dans le rideau. Il fait les cent pas, il n'arrête pas de se questionner sur la douleur de Bébé.

– C'est à cause du rideau.

– Oui.

– C'était trop long.

– Oui.

– Il a dû penser que plus personne ne l'aimait.

– Oui.

– Lui qui aimait tant les voisins.

– Oui.

– On a enfermé Bébé, Mylène. On l'a enfermé. Et ta maman et ton papa qu'il n'a pas revus.

– Oui.

– C'est terrible. Terrible. Et son papa-mi Momo qui a filé à l'anglaise.

– Oui.

– Et la morgue. Tu y penses ?

– Oui.

Pierre, mon beau faiseur d'étoiles que le chagrin dévore. Qui n'arrête pas de nommer tout ce que Bébé ne pouvait plus voir à l'intérieur du rideau. Petite Maman se colle fortement les palettes sur la lèvre du bas. Elle vérifie si Bébé s'est rendormi dans ses bras, lui caresse le front et lui murmure des mots tendres. Elle ressemble aux tulipes de maman qui perçaient la neige au printemps. Elle se lève, serre Bébé doucement sur sa poitrine et va le recoucher.

On reste seuls.

Tristes et brisés.

Pierre parle encore. Ses mots viennent de loin. Ça me surprend toujours de voir qu'on peut être là, juste à côté de quelqu'un, et partir si loin. Si loin. Il est comme le bonhomme Carnaval, on peut lui prendre la main, on peut le toucher, mais on ne sait pas qui est dedans. Quand Pierre parle de lui, je cherche qui je touche. Il raconte qu'en dedans c'est toujours son ombre qui le consolait. Que son ombre était là, qu'elle ne l'a jamais quitté. « Jamais. Jamais. Elle était devenue moi. C'est elle qui rêvait. C'est elle qui vivait. »

C'était la première fois que Pierre se racontait. La première fois. On sait qu'il a couché un soir en prison. Mais pour le reste, pour ce qui meuble les jours d'après, on ignore tout. J'avais mal aux nerfs du cou tellement ma gorge forçait pour l'aider à continuer. Momo ne disait rien. Il ne bougeait pas. Il dessinait des lunes sur ses rotules et ses doigts tremblaient. On se regardait à peine et il n'était pas question de dire un mot. C'était comme si respirer trop fort pouvait couper le courant qui passait dans le corps de Pierre. On le savait, Momo et moi. On le savait tellement.

— Un jour, j'ai entendu une chanson d'Yves Duteil. Ça disait qu'« y a des jours où quand le jour se lève, on se regarde et on n'est plus personne ».

On se contentait de battre des paupières. Même faire oui de la tête aurait pu déplacer l'air. Il ne fallait pas. Et pour permettre aux murs de prendre ce qui reste une fois qu'on a fini de dire et d'entendre, il ne faut pas bouger. Parce que les murs qui nous aiment ne supportent pas de gaspillage. Ils ramassent tout ce qu'on n'a pas saisi. On n'a qu'à les écouter et tout nous revient. C'est ça que j'entendais dans le silence de Momo.

— Faudra que je vous fasse écouter cette chanson-là. Surtout le bout qui dit qu'on voudrait rentrer tout au fond d'un rêve. Surtout à toi, Momo. Parce que Bébé te ressemble. Il faut comprendre ça de Bébé. Il le faut. Absolument. Il le faut.

Momo se dérhumait beaucoup. Disons qu'il avait reçu un coup de cafard quand Pierre avait fait allusion à la fois où il avait filé à l'anglaise. Ça lui avait fait mal. Je le connais, Momo. Je l'ai vu avaler de travers son petit mea-culpa et je sais qu'il a la digestion lente du côté de l'aveu. Et puis, entendre Pierre parler de Bébé et de lui comme ça, ça rejoint quelqu'un dans l'émotion. En tout cas, ça me secoue, moi. Dehors, la neige tombait, généreuse. Les gros flocons valsaient dans la lumière du lampadaire comme pour m'envelopper de ouate. Je voulais juste enrouler Pierre et Momo et les réchauffer. Consoler Pierre surtout. Pour rendre plus molle la douleur du passé.

— Mylène et moi, on a besoin de rêve pour être heureux, mais pour Bébé et toi, Momo, c'est plus fort encore. Sans le rêve, vous ne pourriez pas vivre. C'est ça qu'il faut comprendre de Bébé. C'est ça.

On entendait juste le bruit des clous qui pètent quand le temps tourne trop vite au froid ou au chaud. On entendait juste le bruit des chaises qui craquent quand elles ramassent ce qui tombe des gens. Puis, Pierre s'est levé, a bu un verre de lait et est allé dormir.

Momo et moi, on n'a pas fait long feu dans ce silence-là. Parce que, depuis la rechute de la Petite Survivance, je n'ai plus accès à ses rêves.

Je voudrais tellement pouvoir entrer dans ses pensées quand il s'évade. Je connais si bien les vents de ses débâcles. Et je sais que la prochaine sera forte. Je peux toujours entendre les bruits qui l'annoncent. Et chaque fois, c'est comme ça. Les vents le poussent à cent lieues de nous et rien ne peut l'arrêter. Rien. Pas même Bébé. On a au moins compris ça, Pierre et moi. Il va toujours partir, Momo. Vaut mieux s'y faire. Et j'avoue que ça me chamboule de réaliser que Bébé lui ressemble côté rêve.

Et puis. Et puis, je m'ennuie de leurs dessins quand Momo prenait Bébé sur ses genoux et qu'ensemble ils donnaient vie à nos jours. Je sais que Bébé s'en ennuie aussi. Bébé s'évade exactement comme son papa-mi Momo. Ça me bouleverse. De leur bleu délavé, les yeux de Bébé tournent au brun-Momo. J'entends souvent le brouillard-trouble dans son regard. Un espace. Un lieu, je dirais. Un lieu qui m'échappe et me refuse.

Je voudrais m'y rendre à bras ouverts, mais « le rêve ne vivrait pas si les autres entraient dans cet espace ». Elle m'explique ça, Petite Maman, et le rêve l'emporte elle aussi. Elle dit que les autres vivent toujours dans cet espace par le cœur, « qu'il faut préserver ce lieu pour ne pas qu'il se déchire, que c'est par la chaleur du cœur, et juste par elle, que la magie peut venir ». Elle parle long-temps, Petite Maman, et comme je veux me rappeler tous ses mots, je les écris à mesure, je la fais répéter. Ce matin, les Jos-Louis m'ont trouvé l'air fatigué et ils m'ont apporté une enregistreuse pour me faciliter la tâche. « Ça va t'aider, Mylène », qu'ils ont dit.

Elle rit, Petite Maman. Elle rit parce que je sors l'en-registreuse. Elle dit qu'il faudrait m'inventer si je n'exis-tais pas. Elle dit que je joue sur les cordes du soleil, des orages, des jours, de la nuit. Que Pierre et moi, on est beaux dans le rêve de Momo. Qu'elle remercie le ciel de nous savoir si respectueux de tout ça. Des phrases comme ça, ça aide le chagrin à fondre de ses glaces. Ça aide beaucoup à fondre. À tout fondre. Quand, parfois, Petite Maman parle de repartir, on la supplie de rester encore. On est tellement tous chagrinés par la mort de maman et la disparition de papa. Et par la rechute de la Petite Survivance. Comme si la vie ne beurrait pas assez épais, merci beaucoup ! On en a tous tellement besoin, les voisins et nous.

Faut dire que Momo tente par tous les moyens de changer le mal de place depuis la rechute de la Petite Survivance. Qu'il s'est vraiment dévoué pour elle, pour le Proprio et sa femme. Il est généreux, Momo. Tendre. Ingénieux même. Et quand il croit tenir l'idée, l'idée devient lui et lui et elle ne font plus qu'un. On ne sait plus très bien si on s'adresse à Momo ou à l'idée. Petite Maman dit qu'il porte un culte *inconditionnel* aux rêves depuis son tout jeune âge (je souligne ce mot pour le chercher quand je déballerai mon dictionnaire). Petite Maman dit aussi que Momo aurait pu mourir à l'âge de Bébé si le rêve ne l'avait pas sauvé.

Comment je pourrais nier ce que le rêve représente pour Momo ? Je le voudrais que ce serait impossible. Il invente des tas d'histoires à la Petite Survivance. Sa préférée est celle de Zimba. L'enfant du voyage. Celle qui part tous les soirs sur un tapis volant à la recherche d'une étoile pour aider les enfants malades à guérir. Il lui dit qu'un soir Zimba viendra la voir. Pierre et moi, on connaît Momo. On sait qu'il attend Zimba, on sait qu'il installe un espace pour l'aider à venir. Pierre dit souvent que je devrais remercier Momo de ses efforts et de sa tendresse. Quand je réponds que l'attente me fait chier, il pousse un soupir tendre, me regarde comme lui seul peut le faire et ajoute qu'il comprend, mais que la question ne se discute pas.

— Momo a raison. C'est tout, Mylène.

C'est pour ça que Momo et Pierre conduisent la Petite Survivance devant la fenêtre du dernier étage de l'hôpital. À la pénombre. Chaque soir. Pour voir le ciel. Pour chercher Zimba à travers la noirceur. C'est pour ça que Momo lui répète :

— Zimba se tient toujours près de l'étoile la plus brillante et si tu ne la vois pas, c'est parce qu'elle est en train de décrocher une étoile pour un autre enfant dans un pays lointain. Je lui ai parlé de toi. Elle va venir bientôt. Elle me l'a juré. Elle dit qu'il faut que tu l'attendes. Qu'il faut que tu l'espères très fort dans ton cœur. C'est juste par cette lumière-là qu'elle peut te trouver.

La Petite Survivance agite ses tout petits restants de force. Elle ne vit plus que pour Zimba. Nous aussi d'ailleurs. Et quand Momo et Pierre reviennent de l'hôpital, chaque soir c'est pareil. On s'informe de Zimba. Le matin, ça recommence. On se rend tous chez son papa et sa maman qui ont passé la nuit auprès de leur Petite Survivance. On les regarde. Quand ils font non de la tête, notre silence a les yeux blêmes de la peur. En fait, on ne parle plus que de Zimba.

Personne n'est dupe ici. Personne. On sait tous que, plus Zimba tarde à venir, plus c'est la mort qu'on attend. C'est pour ça qu'on fait tout pour qu'elle nous trouve au plus vite. Des enfants, il en meurt tous les jours depuis l'hôpital jusqu'au bout du monde : de faim, de balles, de maladie. Et Zimba ne peut pas les sauver tous. On sait tout ça. On sait aussi que Zimba peut porter l'autre visage. Celui de la mort. Que plus on attend, plus c'est ce visage-là qui prendra la Petite Survivance. Mais on se tait, nous. C'est de l'autre Zimba qu'on veut parler, nous. C'est l'autre qu'on appelle, nous. Et ce matin, Petite Maman disait à Momo :

– Parle-lui du petit chien Cloclo qui prend la forme d'un nuage et vient brasser le ciel pour qu'il vente à l'endroit exact où le soleil se couche. Dis-lui que Cloclo va aider Zimba à trouver le chemin jusqu'à elle.

C'est pour ça que Momo ne dessine plus avec Bébé, parce qu'il consacre tout son temps à l'enfant du voyage. Il dit qu'il lui faudrait marcher les yeux fermés quand il est avec nous, pour ne pas perdre la route jusqu'à Zimba. Pierre le soutient du mieux qu'il peut. Même qu'hier ils m'ont fait rire en revenant de l'hôpital. Pierre tenait Momo par le bras et le guidait à l'aveugle. Ils ont même déboulé l'escalier. Ils se sont relevés un peu croches, mais sans rien de cassé. Après, Pierre a installé Momo à la table de cuisine, lui a allumé des bougies et lui a mis un disque de Nana Mouskouri pour qu'il parte au loin. Je le jure ! Des fois, avec mes deux coqs, je ne sais pas si je pleure quand je ris. Je ne sais plus.

N'empêche que c'est comme ça depuis le 15 décembre. Mes deux hommes passent le plus clair de leur temps à tenter de faire venir Zimba. Pierre lui chante des chansons douces, envolantes qu'il dit. Ils sont touchants. Ils savent que mes réserves sont à sec depuis la défuntisation de maman. Ils savent que je paralyse à l'idée de rendre visite à la Petite Survivance. Ils compensent. Largement je dirais. Et depuis que j'ai appris que Bébé est capable de ressentir nos chagrins, je reste avec lui. Je ne le quitte presque jamais. Je n'en finis plus de l'aimer. De le bercer. S'il fallait que ça lui arrive... À peine la phrase se prononce dans ma tête que je m'entends pleurer sur un toujours.

Bobonne pleure beaucoup moins depuis qu'elle appelle la venue de Zimba. Elle fait tout pour presser le temps, Bobonne. Elle a fabriqué la plus belle des poupées pour tenir compagnie à la Petite Survivance quand l'attente ne saura plus à quel saint se vouer. Elle dit ça, Bobonne. Elle n'arrête pas. Elle s'accroche à sa machine à coudre comme une infirme à son fauteuil roulant. Du matin au soir, elle coud. Elle ne veut pas que les pensées sombres encrassent les poulies de son cerveau. Elle coud des rideaux pour notre maison de ferme. Le plus long et le plus large possible. « Après, on n'aura qu'à couper si les mesures ne correspondent pas. C'est comme les cheveux, une coiffeuse peut toujours les couper, mais elle ne peut jamais les faire pousser. » Je l'ai laissée choisir les couleurs vu qu'elle a sorti ses gros sous pour payer mes rideaux. Elle palabre beaucoup, notre Bobonne, comme dit Petite Maman. Le temps qu'elle fait ça, le mal ne prend pas sur elle.

Les Jos-Louis aussi s'échinent à presser le pas du temps. À s'accrocher au rêve et à Zimba qui aide les enfants malades à guérir. Du matin au soir, on peut les voir patenter des lames pour remplacer les roulettes de la civière de fortune de la Petite Survivance.

– Au cas où elle guérirait. Au cas où elle voudrait faire une petite parade par une belle journée d'hiver ensoleillée.

– Au cas où, que répète l'autre.

Chapitre XI

N'empêche que Noël avait le visage triste, cette année. On a eu beau tenter de le maquiller, de mettre un peu de couleurs sur ses joues, sur ses lèvres, rien n'y faisait.

Faut dire le gris de l'absence de papa.

Faut dire le blanc de la Petite Survivance.

Faut dire le noir du Proprio et de sa femme.

Faut dire notre chagrin à tous.

Faut dire.

Et Bobonne aussi. Bobonne que la vie malmène quand ses jambes ne la portent plus, Bobonne que l'amour aime et gâte un peu par les temps qui courent. Tant mieux. Tant mieux pour elle. Parce que la vie continue, ils sont partis, M. Oesfort et elle. Ils sont partis passer les Fêtes quelque part, en un lieu qu'elle n'a pas voulu nous révéler. Top secret. Sur sa table de cuisine traînaient des dépliants sur les départs d'avions, sur les horaires d'autobus, de trains, sur les croisières. Elle brouillait les pistes, Bobonne. Des fois, à la blague, on a bien tenté de leur faire dire où ils allaient, mais on n'a rien su. « Suffit que quelqu'un s'échappe et l'espionne-au-chapeau-feutre-vert-foncé aura des indices pour me suivre. » Elle répondait toujours ça, et comme M. Oesfort ne voulait pas de la peur dans leurs bagages, il est resté muet comme une tombe.

Ils ont eu du mal à se décider. La Petite Survivance pesait très fort dans la balance. Un jour, c'était oui, un jour, c'était non. Bobonne répétait souvent qu'elle n'aurait pas la force d'apprendre sa mort à son retour si ça arrivait. Quand elle disait ça, M. Oesfort se raclait pas mal fort le motton qui lui barrait le gosier. Ça jouait au yoyo dans leurs têtes et dans leurs cœurs. Ils s'inquiétaient pour les Jos-Louis aussi. Ils hésitaient à les quitter. Sur le coup, on n'a pas compris pourquoi, mais quand les Jos-Louis se sont mis à venir des dizaines de fois chez nous, on a vu que Bobonne et M. Oesfort savent lire dans le cœur des gens. Ça oui. Ils savent.

Je ne sais pas. Je n'ai pas compté. Parfois, je prends congé des calculs, c'est comme ça. N'empêche qu'ils ont frappé souvent à notre porte, les Jos-Louis. N'empêche que, dans leurs yeux, le baluchon de tristesse pesait lourd. On a beau vouloir camoufler sa peine, quand elle rebondit, il n'y a plus grand-chose à faire. Momo a lu quelque part que, des fois, quand une personne pense qu'une peine l'a quittée, c'est très douloureux de l'entendre de nouveau. C'est comme un écho qui s'acharne à casser le silence qu'on voudrait tenir encore. Il dit ça, Momo. Moi, je pense que toutes les peines se ressemblent et qu'il faut arrêter de faire du blabla à leur sujet. Les peines, c'est du pareil au même. Ça vous secoue. Ça fait mal. Point.

Les Jos-Louis ne parlent pas du chagrin, mais dans leurs gestes, dans leurs silences et dans leur brume, on peut l'entendre. Je le jure. On peut. Ils n'ont personne chez qui aller. Personne. Le temps des Fêtes et les familles ont de ces cruautés ! Nous, on leur a ouvert grand la porte. Petite Maman a sorti ses bras géants pour eux. Et c'est souvent qu'elle les a étreints. Même qu'une fois le nez d'un Jos-Louis est resté coincé dans la craque de sa poitrine. On a bien ri, parce qu'il est fait pointu. Ce n'est pas de sa faute.

On les a trouvés beaux et, malgré tout, on a passé du bon temps ensemble. On a vécu les Fêtes comme des sapins qui décorent une maison où personne n'habite. C'est comme ça. On a fini par se garnir assez pour oublier le vide.

Pour dire comme la vie fait bien les choses. Pour dire. Bébé s'est remis à nous aimer et la vie de famille a bien repris son souffle. Le soir du 23 décembre, juste après le départ de Bobonne et M. Oesfort, le Proprio et sa femme nous ont fait une demande officielle tout en politesse. En clair, ça voulait dire qu'ils voulaient qu'on les laisse tranquilles pour le temps des Fêtes. On a respecté.

— On aura de la visite à Noël, au jour de l'An et tout et tout. La famille. Elle veut attendre Zimba avec nous. On va se réchauffer ensemble et tout et tout.

Le Proprio s'étire toujours les bras quand il parle. Chaque fois, c'est pareil. Ça me rappelle maman quand elle faisait sa tire à la Sainte-Catherine. Mais les coups de cafard, c'est comme ça. Ça vous prend sans avertir, ça part et ça revient. On a une vision. On reçoit des odeurs, et vlan ! Le filet nous enserre. Maudit cafard.

Le Proprio nous a suppliés de ne pas faire de mauvais coups qui l'obligeraient à monter. Il se perdait en explications plus polies les unes que les autres. Il a insisté pour le bruit aussi. Il demandait la plus grande discrétion. À cause du sommeil qui ne vient plus, de sa femme si fatiguée. Et puis, « si Zimba se pointe, on avisera », qu'il a dit. On a promis et on a tenu parole.

— En clair, ça veut dire qu'il ne veut pas nous voir la face et tout et tout, qu'a dit un Jos-Louis.

— Oui.

Au début, ça nous a chagrinés, mais pas longtemps. « Des fois, il faut que les circonstances nous obligent, sinon les choses importantes nous échappent. » Momo disait ça en berçant Bébé. Il dort plus calmement maintenant, il ne se réveille plus, et il nous tend les bras comme avant, comme au temps où les habitudes nous réchauffaient. Même que Momo s'est remis à dessiner avec lui. Tous les jours, il trace le contour de sa petite main et dessine des étoiles au creux de sa paume. Il lui jargonne tout plein de chinoiseries à l'oreille et Bébé sourit. On sait qu'ils parlent de Zimba, alors on ne brusque rien. On les regarde, on les envie de partager quelque chose qui nous exclut, mais on se tait. Et jamais Bébé ne froisse le papier. Jamais. Il est adorable. Il porte aux dessins une attention particulière. À croire qu'il en connaît la valeur. J'en suis émue. Tellement. Depuis trois jours, il a dit quatre fois « papa », cinq fois « maman. » Il a fait deux fois « bravo » en applaudissant tout seul. Il a même pris une bouteille de shampooing et nous a montré ses cheveux. Il est vraiment extraordinaire. Il a compris que ça allait ensemble, le shampooing et les cheveux. Il est si intelligent. Je n'en reviens pas.

— Lyaaaa lyaaaa yaaaa aaa a… a…

Il chante aussi. Comme ça, les bras levés au ciel. Faut voir la fierté passer dans le visage de Pierre quand il l'imite. Son cœur tourne, fait des bonds. Il devient rouge. Il chante avec Bébé. L'invite à recommencer. Je les accompagne à la cuiller de métal sur un fond de chaudron. Momo fabrique ses ponts, regarde Bébé du coin de l'œil, le rejoint dans l'espace brouillard-trouble de Zimba. Bébé répète sa chanson autant de fois que Pierre le demande. Il rit. Ses yeux sont...

Non. Je ne sais pas décrire les yeux de Bébé quand le bonheur les habite. C'est trop beau. Il n'y a pas de mots. J'en suis si fière. Il aide le chagrin à me quitter. Un vrai printemps qui se joue des neiges. Il aura un an dans moins d'un mois. Il manifeste un réel talent, selon Pierre. Je pense à nos spectacles du dimanche sur la galerie, au printemps prochain, et je me dis qu'il me faudra lui tricoter des pouces de mitaine. Je le vois déjà chanter avec son papa-mi. Il en gagnera, des vingt-cinq sous. Ça risque de surprendre. J'ai toujours trouvé ça grandiose, des voix qui font *aaaaaa*. C'est comme Nana Mouskouri, comme les chansons si enveloppantes que Petite Maman nous fait découvrir chaque fois qu'elle va aux Galeries de la Capitale d'où elle revient avec un disque et des cadeaux qui me font si plaisir. Elle veut que Pierre apprenne de nouvelles chansons. Qu'il agrandisse son répertoire. Et Pierre est heureux.

— Lyaaaa lyaaaa yaaaa aaa a... a...

Pierre l'encourage : « Encore. Encore Bébé d'amour. Bébé trésor. Encore. » Petite Maman nous photographie. Elle aime la beauté des gestes simples. Elle dit souvent ça. Et j'écris les dessins de Momo, la fierté de

Pierre, et surtout la tendresse de Bébé. Je la connais si bien. Depuis qu'il est au monde, j'ai assez observé de bébés pour savoir qu'il n'en existe pas d'aussi beaux, d'aussi intelligents et d'aussi merveilleux que lui. Faut le voir quand il prend le temps de lever la tête pour nous sourire, pour nous regarder longtemps, pour respirer calmement comme s'il nous remerciait d'être là. Il fait ça pour vrai, Bébé. Même qu'il glisse tendrement sa petite main sur notre joue pour une caresse. « Irrésistible ! Il est irrésistible ! » que s'exclame Petite Maman chaque fois qu'il fait ça. Et dire que papa se prive d'une si grande joie. Je ne comprends toujours pas pourquoi il n'est pas venu à Noël. Quand il a téléphoné, le 23 au soir, il a dit :

— C'est trop pour moi, Mylène. Tu comprends ?

J'avais justement téléphoné à la maison le matin même pour entendre la voix de maman. En composant le numéro, je songeais que, peut-être, le message serait changé. Que, peut-être, elle me souhaiterait Joyeux Noël. Je n'ai rien dit à papa. J'ai juste répondu O.K. Ne pas m'inquiéter pour la maison, qu'il a ajouté. Le Maire ira faire sa petite inspection trois fois par semaine. Il a parlé des cadeaux. Les cadeaux aussi, c'était trop pour son ennui, qu'il a dit.

— Plus tard, Mylène. Plus tard. Et tu ne perds rien pour attendre.

Au sujet de sa nouvelle adresse, dans le Bas-du-Fleuve que j'imagine, il n'a rien dit. Il a parlé de la graine d'errance qui lui monte par les mollets. Et des nouvelles qu'il redonnerait bientôt. Puis, il a prononcé des sons étranges : « Baloubalouchoumdelatabalala. » Ça sonnait un peu comme ça.

— C'est mon message pour Bébé, qu'il a expliqué. Il comprendra. Avec tout mon amour et avec des bisous tout plein les vents, le fleuve et le soleil.

Je lui ai fait promettre de ne pas changer le message du répondeur. « Je ne ferai rien sans t'informer. Juré, qu'il a dit. Juré. »

J'ai ravalé trois fois un sanglot que je refusais parce que je trouvais que j'avais déjà assez braillé papa comme ça. Assez. Et ça m'a valu une boule dans l'estomac, que j'ai refilée à Momo vu qu'il m'achalait justement à propos de mon-dictionnaire-pas-encore-déballé. En plus, il a osé pousser l'effronterie jusqu'à me dire qu'il se chargerait de l'ouvrir lui-même, parce qu'il était tanné de se déplacer jusqu'à la biblio pour chercher ses mots.

— Wo ! que j'ai crié. Never, Momo. Never. À qui c'est qu'elle l'a donné, ce dictionnaire-là, Petite Maman ? À MOI, baby. C'est à moi et à moi seule de le déballer comment et quand je voudrai. C'est clair, ça ?

— Mais ça fait deux mois que tu l'as, Mylène.

— Deux mois et dix-huit jours, que j'ai répondu.

C'est moi qui compte ici. Momo raconte ou invente. Il fait des ponts aussi. Pierre chante, il rapporte l'argent des bas et surveille les spéciaux. Chacun son rôle.

— Un dictionnaire, c'est fait pour être ouvert.

— Justement, que j'ai répliqué. Justement. Va en ouvrir ailleurs, des dictionnaires. Il y en a plein dans les magasins. Et merci beaucoup. Merci beaucoup pour la pression. Elle me sort par les oreilles. Je suis au bout du rouleau. La patience, c'est comme le vent, ça finit par passer.

Pierre aurait dû se taire et attendre que je me calme au lieu de se porter à la défense de Momo. Ma colère a rempiré et j'ai peut-être exagéré un peu. Peut-être, je vais y réfléchir. J'ai dit à Momo de sécher. Mon beau hot-dog à la vapeur défraîchissait à vue d'œil. J'ai ajouté que même si je tenais mon bout pendant six mois, ça ne suffirait pas encore à lui montrer comme c'est dur l'attente. Que je ne lui pardonnais pas de nous avoir quittés et… et c'est ça qui a choqué Pierre, je pense, je me suis étampé un dix sous sur la joue gauche pour qu'il voie le bateau. Je n'arrêtais pas de pointer mon doigt dessus. Et je lui ai dit de bien se rentrer dans le ciboulot que quitter le navire, ça ne passe pas pour moi. Ça ne passe pas. Et que si Pierre…

Bon. J'ai été obligée d'arrêter là parce que Pierre a pris Momo par la taille et l'a invité à sortir prendre l'air. Je me suis endormie seule avec, je dois l'avouer, un très petit soupçon de remords. Pas plus gros qu'un pois vert, je dirais. J'ai bien dormi. J'ai remarqué que, chaque fois que je libère un petit relent de morgue, ça me soulage.

N'empêche que c'est dur, la vie. On a beau tout faire pour garder le moral, on a beau tenter par tous les moyens d'être heureux, de se raisonner, de se distraire, on est juste du monde et on réagit en monde. Oui, c'est dur. Dur pour Pierre et Momo de tenir parole et de ne plus se rendre au chevet de la Petite Survivance. Même s'ils veulent me convaincre du contraire, je les connais, mes deux hommes. Je sais qu'ils en souffrent. Mais c'est ça que le Proprio et sa femme veulent et c'est ça qu'ils font. À cause du respect. Des fois, je me demande qui-c'est-qui-a-bien-pu-inventer-ça-le-respect. Qui ? C'est juste bon à faire mal, que je me dis : respecter papa-courant-d'air, respecter le Proprio et sa femme, respecter Momo quand il dérive et que ça l'amène à nous quitter, respecter ci, respecter ça. J'en ai ma claque des poings au cœur. Ma claque.

Ce matin, Momo et Bébé sont sortis avec Petite Maman. Pierre et moi, on traîne au lit. On essaie de passer à travers la tristesse. Il a le don, Pierre, il a le don de me caresser le long de la colonne, de l'effleurer juste un peu du bout des doigts, si tendrement. Tellement tendre. Quand il fait ça, je ramollis et je n'arrête plus de pleurer.

— Déluge, ma belle fondue au chocolat, déluge. On va s'en sortir, tu vas voir.

Il pleurait lui aussi. Il disait que Zimba avait trop tardé. Qu'il faisait noir partout. Dans son cœur. Dans sa tête.

— C'est sa dernière mourance, Mylène. Sa dernière.

Je ne voulais pas l'entendre. Je lui ai demandé de me laisser seule. Et j'ai écrit longtemps dans mon cahier. J'ai essayé d'imaginer le concours que la Petite Survivance rêvait d'organiser pour nommer Bébé. Les noms venaient, tous plus tristes les uns que les autres : Mortus, Mouru, Pointpoint. Désert. Et puis, j'ai arrêté. Ça faisait trop mal. L'idée qu'elle pourrait nous quitter sans avoir nommé Bébé me brisait. Elle rêvait tant de le nommer.

Je pense, moi, que la vie, des fois, ça devrait s'ouvrir comme un coffret d'images. Il en faut, des images. Il en faut tant pour la mémoire. Surtout quand on a besoin de compenser les gâchis. Surtout. Et c'est pour ça que j'ai attendu le retour de Momo et que je lui ai prêté mon dictionnaire fraîchement déballé. Ses doigts n'arrêtaient pas de toucher les pages comme s'ils les caressaient. Ça m'a fait penser aux enfants qui font des châteaux de sable et qui touchent délicatement le tout pour vérifier la fragilité du solide. C'est une belle image pour mon coffret, je trouve. Surtout qu'il m'a fait un sourire à vous renverser le cœur.

Chapitre XII

On essaie de redonner vie à notre rêve. On essaie. Maintenant que Pierre chante de nouveau, tous les espoirs sont permis. La fortune se remet à luire. On a recommencé nos dépôts. Le bas de la taxe de bienvenue totalise trois cent quinze gros dollars. Si ça coûte moins cher, je transférerai la différence dans le bas des taxes scolaires et municipales de la première année. Parce que, après le bas de la taxe de bienvenue, j'attaquerai celui-là. Il est déjà tricoté d'ailleurs.

Il faut beaucoup de discipline pour tenir un budget comme le nôtre, mais on va réussir. J'en suis certaine. Bobonne et Petite Maman nous encouragent avec des petits dons pour la Sainte-Enfance, qu'elles précisent en riant. Je les dépose dans un bas à part. J'ai brodé le mot DONS dessus. En vert. Pour l'espérance d'en avoir souvent, mais je ne le dis pas. Je l'ai caché dans mon tiroir de sous-vêtements. Elles ont même eu la générosité de nous rembourser les trente dollars dépensés pour acheter le chocolat qu'on avait offert, après le service de maman, à ceux que la mort écœurait. En tout cas, moi, j'en ai mangé au moins pour deux années à venir, du chocolat. Même les vingt dollars qu'on avait retirés des bas pour le disque de Ferrat ont été remboursés. C'est gentil, je trouve.

Bobonne suggère que je m'informe du montant de la taxe de bienvenue pour éviter les surprises désagréables. « Ça déstabilise un budget », qu'elle dit. Je suivrai son conseil. Je ne veux pas d'erreur. On est trésorière ou on ne l'est pas. Moi, je le suis. Point final. Pour dire comme il faut croire aux rêves. Pour dire. Quand on en aura fini avec les bas des taxes, dans treize mois environ, à la condition que Pierre décroche d'autres contrats, on entreprendra le dernier. Celui-là même qui nous permettra d'acheter la ferme : le bas de la mise de fonds. Peut-être que les profits de notre pièce seront suffisants et peut-être pas. Pour l'instant, ça ne va pas très fort côté théâtre. Il fait trop triste pour ça. Mais on verra. On verra. Et comme je dis toujours à Bobonne : « Je sais qu'on ne peut pas compter sur tes cadeaux en argent et ceux de Petite Maman, mais un vingt par-ci, un dix par-là, ça finit par peser dans la balance. » Faudrait la voir rire quand je dis ça. Franchement, je me sens aimée.

Le bonheur va si bien à Bobonne. Depuis qu'elle est revenue de voyage avec M. Oesfort, on dirait de jeunes tourtereaux. Je le jure. Elle devient belle comme ce n'est pas permis. Les yeux de Bobonne comme ceux de M. Oesfort sont pleins d'étoiles.

On ne peut pas savoir à quel point les petites manies des gens qu'on aime finissent par nous chavirer le cœur. Il suffit d'en être privé pour le comprendre. C'est Momo qui dit ça. Pierre et moi, on approuve.

Un vrai moulin à paroles, notre Bobonne. Petite Maman joue à tourner une manivelle invisible en la suivant pas à pas et Bobonne s'active comme un magnétophone ambulant. Ça n'arrête pas. De toute beauté ! C'est grand la joie des retrouvailles. Très grand. Elle parle encore en comptant, notre Bobonne. Elle a encore mal aux jambes. M. Oesfort l'aide encore à se lever. Les Jos-Louis se tiennent encore discrètement (en tout cas, ils le pensent) derrière eux pour les ramasser au cas où. Il a beau être petit, M. Oesfort, il est bourré de muscles. Elle veut des nouvelles, notre Bobonne. Un : de Zimba. Deux : de-comment-que-ça-s'est-passé-notre-premier-Noël-sans-maman. Trois : de Bébé. Quatre : de papa-courant-d'air. Cinq : de nous trois. Six : des Jos-Louis. Sept : du Proprio. Huit : de sa femme. Et neuf : de la Petite Survivance. Elle a vécu une inquiétude très très très profonde au sujet de la Petite Survivance.

On lui a manqué, ça se voit. Je comprends ça. C'est vrai qu'on a quelque chose de particulier, d'attachant. Maman le disait souvent. Elle a pensé à nous toutes les heures et bien plus encore, qu'elle précise. Finalement, et c'est ça le plus beau, surtout quand on connaît Bobonne, ça arrache les larmes, je le jure, elle s'est levée très majestueusement et nous a annoncé qu'elle n'avait pas eu peur une seule minute, merci beaucoup, de l'espionne-au-chapeau-feutre-vert-foncé. Elle regardait M. Oesfort et on voyait bien que c'était ça son plus grand bonheur : la peur qui ne l'avait pas suivie en voyage. M. Oesfort se tenait près d'elle et c'était comme s'il ramassait chacun des respirs que Bobonne échappait. Il devenait un vrai beau ballon gonflé d'orgueil qu'on surveille pour ne pas qu'il crève. Il observait Bobonne tout en pâmoison, lui promettait sur tous les tons que cette victoire-là se produirait encore. Parce que, si le calme vient une seule fois, il peut revenir encore. « Faut juste y montrer l'adresse où c'est qu'on vit. C'est comme ça que ça marche. Z'allez m'dire astheure pourquoi sé-faire qu'on porterait le nom de *vénérable Reine de la Guenille* si on n'est pas étoffée pour. »

Bobonne approuvait tellement fort de la tête qu'on a eu peur qu'elle attrape un torticolis. On se tenait aux aguets pour aviser au bon moment. On ne voulait surtout pas que le plaisir s'arrête juste au nom de sa fierté. On comprenait, mais, sur un plan plus terre à terre, une petite urgence s'imposait : déballer les cadeaux qu'elle nous avait rapportés. La poche était là, comme inutile, près de la porte et, vu qu'on n'avait pas eu de Noël, on se disait que ce serait bien de procéder. Les Jos-Louis séchaient sur place eux aussi. Ça se lisait dans leurs yeux. Des poches comme celle-là, ça vous rallume le désir. On salivait d'avance. On n'en disait rien, mais on ne pensait plus qu'à ça. C'était notre obsession.

Comme Bébé s'est mis à chigner, Pierre a chanté *Petit Papa Noël* pour le consoler. Petite Maman battait la mesure avec sa cuiller de bois et nous dirigeait comme un vrai chef d'orchestre. On chantait fort. Très fort. On expulsait (j'améliore mon vocabulaire au contact de Petite Maman, je trouve) tout ce qu'on avait retenu de pleurs, de désirs, de tristesse et de joie depuis la mort de maman. Bébé tournait sur lui-même. Frappait du pied. Chantait *Lyaaaa lyaaaa yaaaa aaa a… a…* On l'imitait. Puis, on a pris un grand respir tous ensemble pour le crescendo et son envers qui redescend comme nous l'a si bien montré Petite Maman : *Tous les beaux joujoux que je vois en rêve et que je t'ai commandééééés.*

Incroyable comme Pierre gagne en souffle depuis que Petite Maman le conseille. Il était seul à finir le chant quand le Proprio est apparu. Envoûté. C'est tout ce que je peux dire ! Le Proprio gardait les yeux ronds comme un enfant de chœur devant la prestation de Pierre et de Petite Maman qui laissait descendre ses mains jusqu'au sol pour coucher le son. Bobonne aurait voulu applaudir, mais le fou rire l'a prise. C'était à voir Bébé, je pense. Comme on ne sait jamais quand ça va lâcher, comme on ne sait même pas s'il existe un bouton d'arrêt, c'est à travers ses gros rires sonores qu'on a souhaité la bonne année au Proprio. Puis on s'est informés de Zimba.

Il nous a juste dit que la Petite Survivance l'attendait toujours. Qu'ils auront les résultats du nouveau traitement qu'elle suit dans la semaine qui vient et que, pour l'instant, on peut encore espérer. Il nous a aussi remerciés d'avoir si bien chanté parce qu'il n'aurait pas pu monter sans ça. Ça fait du bien, qu'il a dit. J'ai avalé les gestes de ses bras et ça goûtait la tire.

Un peu plus tard, on a vu le Proprio partir pour l'hôpital avec sa femme. Dix minutes après sa visite, je pense. Bobonne riait toujours en pointant du doigt Bébé qui n'arrêtait pas de frapper du pied et de chanter *Lyaaaa lyaaaa yaaaa aaa a*… Petite Maman chantait avec lui. Je suis de plus en plus certaine que Bobonne finira par réaliser son grand rêve de mourir en riant. De plus en plus certaine. M. Oesfort a demandé qu'on essaie d'arrêter Bébé, il disait ça tristement parce qu'il trouvait Bébé charmant et très talentueux. Ça se voyait. Mais il était convaincu que seule une petite pause pourrait calmer les nerfs de Bobonne.

– Z'allez me promettre de toujours l'avertir à mesure des finesses de Bébé. C'est trop d'émotions pour elle, ça.

Pauvre M. Oesfort. On voit bien qu'il n'a pas l'habitude. L'inquiétude le rongeait. Nous, on savait que ce fou rire-là n'avait rien d'alarmant. On commence à la connaître, Bobonne. Le soulagement de M. Oesfort nous a fait chaud quand le rire a commencé à s'espacer. On voyait que Bobonne reprenait graduellement son souffle. On a quand même gardé le silence encore un peu, pour le respect du soulagement. Il en faut du respect. Il en faut tant. Surtout qu'il est gentil pour nous, M. Oesfort. Surtout aussi qu'il est bon comme ce n'est pas disable. Sa dent de Life Savers lui fait mal depuis dix jours et il attend. Il attend pour la faire extraire. Il attend pour le cas où la Petite Survivance lui demanderait de faire tourner un Life Savers. C'est un grand cœur, je trouve.

Finalement, Bébé s'est endormi sur son dernier *a* en plein dans le mouvement de son dernier pas. Pierre l'a porté à son lit pendant que tous, on faisait des efforts pour ne pas rire, vu qu'il fallait aider un peu Bobonne. Les résultats n'ont pas tardé à venir. C'est sur Vivaldi que Bobonne a fini par retrouver le grand complet du calme. « C'est beau cette musique-là, qu'elle a murmuré entre deux secousses. Et dire que je ne la connaissais pas. Un : les notes ! À croire qu'elles nous rentrent dans le sang. Qu'elles circulent partout. Même dans les zones encrassées. Ça repose mes vieilles jambes. » Elle n'a pas compté jusqu'à deux parce qu'elle s'est endormie sur l'épaule de M. Oesfort. Et comme on le perdait de vue, je ne sais pas s'il a dormi lui aussi. Je ne sais pas. Je sais juste qu'il ne bougeait pas et que Vivaldi nous enveloppait. Petite Maman a un tel flair pour la musique. Un vrai chien de portée musicale. Je ne pourrais pas mieux dire. Un vrai beau chien de portée.

J'ai remarqué que, chaque fois qu'on s'amuse un peu, c'est aux Jos-Louis qu'on le doit. Les pauvres ! Deux âmes en peine qui continuent de patenter des choses. N'importe quoi pourvu qu'ils n'entendent pas le silence. Mais qui ne font pas de bruit quand le Proprio et sa femme sont présents. À cause du maudit respect ! Qui attendent toujours leur départ et surveillent leur arrivée. Ils ont suggéré à Petite Maman de déposer les cadeaux sous l'arbre. Ils se portaient volontaires pour la corvée, qu'ils ont dit. Ils s'emballaient tellement, on aurait dit deux enfants : « On va les sortir de la poche. Quand Bébé va s'éveiller, il va être content. » Petite Maman les a traités de coquins dans le plus beau de ses sourires. Pour dire franchement, les Jos-Louis me font de moins en moins penser aux remèdes. J'avale plus facilement leur présence et ça goûte moins longtemps. Même que je les digère mieux.

Pendant que les dernières notes nous berçaient, pendant que Pierre aiguisait sa si belle voix, pendant que les Jos-Louis brassaient les cadeaux en essayant de deviner à qui ils étaient destinés, pendant que le sommeil de Bobonne calmait ses derniers sursauts de nerfs, Petite Maman dressait la table pour le réveillon.

C'était le 3 janvier. Un vrai souper de rois. Je ne pourrais pas mieux dire. Après, on a procédé au dépouillement. Mon cœur cognait comme quand j'avais cinq ans. Comme quand papa et maman s'amusaient à me surprendre. Les cadeaux, moi, ça m'a toujours excitée.

Je n'y peux rien, c'est comme ça. Au sixième, on a conclu qu'ils étaient tous pour Bébé. Il raflait tout. J'étais très contente et très triste. Exception faite de Petite Maman, je dirais que le motton nous gagnait tous. On a beau comprendre le lot des adultes et tous ses revers, n'empêche que ça fait un pincement au cœur. C'est difficile de devenir raisonnable. Très difficile. Surtout quand il s'agit de tenir la déception bien cachée. Pourtant, on essayait. Je le jure. On essayait. En tout cas, Bébé n'était pas un oublié. Ça non. Il ne l'était pas. C'est juste regrettable qu'il soit trop petit pour le savoir, que j'ai pensé.

Puis, M. Oesfort s'est levé *promptement*. (Petite Maman dit souvent ce mot-là. Je l'aime beaucoup.) Il a dit : « Z'allez p't-être ben pas me croire, mais j'viens d'voir le père Noël descendre les escaliers. » Et il est parti tout de go vers l'appartement de Bobonne. Quand il est revenu avec une autre poche, le cœur m'a cogné. Petite Maman s'est dirigée vers le placard qu'elle tient barré depuis quinze jours. Et là ! quoi-c'est-qu'on-a-tu-pas-vu ?

Des cadeaux !

Des cadeaux flambant neufs ! Avec du vrai papier d'emballage même pas froissé ! Et des choux de toutes les couleurs sortis tout droit du magasin en plus de ça.

M. Oesfort et Bobonne ont exigé qu'on les déballe tous en même temps. Il nous chronométrait pendant que Bobonne et Petite Maman se trémoussaient assez passablement merci sur le divan. C'est pas disable. Pas disable comme le bonheur faisait du bien. Petite Maman a eu la même exigence que Bobonne et M. Oesfort pour ses cadeaux. Elle a chronométré et on a respecté.

C'était un beau soir. Il sentait bon l'amour et j'étais bien. Je me suis couchée en pensant que j'avais fait un grand pas. Je venais d'apprendre la vie sans maman. Et avoir réussi une fois à passer Noël sans elle me donnait la certitude que je saurais en traverser d'autres. Que je finirais par m'y faire puisque le temps continue. Que l'absence de papa-courant-d'air se tolère. Qu'il ne sert à rien de chercher pourquoi il n'est pas venu. Juste entendre le chagrin dans sa voix téléphonique, et je sais que c'est une impossibilité pour lui. Je ne comprends toujours pas, mais je sais.

Et puis, comme me dit souvent Petite Maman : « Là-bas, Mylène, le ciel a les bras longs. Il touche la mer et, certains soirs, on ne sait plus si on regarde le ciel ou la mer. On ne sait plus. Là-bas, quand on regarde les étoiles, on pourrait croire à une immense couverture qui nous emmitoufle pour la consolation. Les vents s'acharnent. Et ton père, je l'imagine qui se fait brasser la cage, qui se fait fouetter le sang par eux. Il vit là-bas, Mylène. Il vit. Ici, l'absence le tuerait. Tu comprends ? »

Elle dit de si belles choses, Petite Maman. Et son regard me fait l'effet d'un grand voyage. « Là-bas, Mylène, qu'elle ajoute, c'est par les vents, c'est par la mer, c'est par les grands espaces que ta mère respire. »

« Là-bas, là-bas », que mes pensées répètent comme on compte des moutons pour s'endormir.

Chapitre XIII

Il fait tempête ce matin et Momo est parti marcher avec Bébé. Il prétend que Bébé a trouvé l'endroit où Zimba se cache. D'habitude, on se dit que tant qu'il est obsédé par Zimba, il ne déprime pas. Mais ce matin, Pierre et moi, on a les nerfs en boule. C'est fou dehors et on a peur pour lui et pour Bébé. Des vents terribles arrachent des pancartes. À croire qu'ils ont la rage. Trois adultes et un enfant ont déjà reçu des poteaux de signalisation en plein front. Il n'est que huit heures. Ça promet pour l'énervement. On va se taper toute une journée !

On surveille la télé avec Petite Maman, qui est très inquiète elle aussi. Toutes les cinq minutes, on peut voir les victimes du vent ramassées par des sauveteurs et couchées sur des civières. Comme la télé nous montre les visages avant que la famille soit informée, on a tout le loisir d'imaginer que les *no name* des nouvelles sont à nous et qu'on peut les ajouter sans peine à notre chagrin du jour.

Comme on entend Momo monter les escaliers, on pompe pas mal fort, merci beaucoup, Pierre et moi. Petite Maman aussi. « À croire qu'il aime qu'on cherche des *no name* », qu'a dit Pierre avant de disparaître dans notre chambre. Moi, je réchauffe Bébé en le berçant. Je ne parle pas. Momo n'a pas la face à l'entendement pour l'instant. Partie remise, par contre. Partie remise.

~

C'est le jour J. Je le sais par Momo. Hier soir, il a couché Bébé après une longue promenade et il est parti seul chez le Proprio. Il est rentré tard. Toute la nuit, il a eu la pitourne parce qu'il avait promis au Proprio et à sa femme que Pierre et lui passeraient la journée au chevet de la Petite Survivance. Elle en avait fait la demande à son papa et sa maman. Elle voulait être seule avec eux. Momo fait les cent pas dans notre chambre.

– Zimba viendra bientôt. Bientôt, Pierre. Je le sens. Ici.

J'ai su que Zimba porterait l'autre visage, celui qui nous fait si peur. Pierre aussi. Il s'est retourné sur le ventre, s'est caché la tête dans l'oreiller, s'est enfoncé un peu plus creux dans le lit et n'a pas répondu. Il pleurait. Momo ne voyait rien. Il était déjà dans l'espace brouillard-trouble de ses yeux et faisait toujours les cent pas.

Le vent hurlait à rendre fou. Bébé pleurait. Petite Maman l'a pris dans ses bras pour tenter de le consoler, mais sans succès. Il répétait « Maman, maman ». Il faisait la lippe avec tout plein de suppliance dans les yeux. Et quand Bébé fait la lippe, ça vous arrache le cœur, parce que c'est du bien grand chagrin. Petite Maman m'a appelée. Dire la détresse de Bébé, je ne peux pas. Non. Je ne peux pas. Je l'ai juste gardé longtemps, longtemps dans mes bras. Je l'ai juste aimé jusqu'à l'impossible d'en donner plus. Puis, je l'ai emmené avec nous dans notre chambre.

Pierre n'avait pas bougé. J'entendais son silence m'appeler à l'aide chaque fois que Momo lui parlait. J'ai répondu comme j'ai pu. Je me suis étendue tout près de lui avec Bébé bien collé contre moi. On est restés là, sans bouger. Juste pour attendre. Juste pour ça.

Quand Pierre s'est tourné vers nous, j'ai eu l'impression qu'il nous voyait pour la première fois, Bébé et moi. On avait l'air d'un monument de glace fait par un sculpteur des neiges qui aurait eu le génie de ne pas oublier un seul détail. Un monument grandeur nature. C'était troublant. Nos regards ne se quittaient plus. Bébé ne pleurait plus. Il gardait toujours sa petite tête enfouie dans mon cou, c'était comme si ses derniers sanglots avaient figé son petit corps.

Puis, Bébé a levé les yeux vers moi, il m'a regardée, il m'a caressé la joue tellement tendrement et il a remis sa tête dans mon cou pour des colleux-colleux-colleux. « Merci, Bébé. Merci. » J'ai dû casser le silence parce que Pierre nous a souri. Le monument venait de fondre. Jamais on n'avait vu Momo dans un pareil état. Jamais. Petite Maman se tenait contre le chambranle de la porte. Je lui ai fait signe d'entrer. Comme elle portait ses bas de lutin à grelots, Momo l'a entendue s'approcher et ça l'a fait sortir de son brouillard-trouble. C'est toujours impressionnant de les voir dans les bras l'un de l'autre. Je dirais qu'elle lui arrive à la hauteur du nombril ou à peu près. C'est pour ça qu'elle dit toujours du nombril de Momo que c'est sa troisième oreille. Réservée *spécifiquement* pour elle.

— Zimba viendra bientôt. Bientôt, Petite Maman. Je le sens. Ici.

Elle a parlé d'un geai bleu qui est venu chercher une arachide en écale sur la galerie de bonne heure ce matin. Elle en avait mis trois. Il n'en a pris qu'une seule.

— Est-ce qu'il a pris celle du centre ?

Oui, qu'elle a dit. Elle a parlé aussi du chien Cloclo qui a troublé la queue de son sommeil cette nuit. Des trois mésanges qui l'avaient accompagnée tout au long de sa promenade hier. Une sur chaque épaule et l'autre sur sa tête.

— Il y en a deux qui sont entrées à l'épicerie avec moi. L'autre a repris son vol.

Elle a dit tout ça en regardant Momo droit dans les yeux. Momo répondait oui. Il respirait à grands coups. Quand il s'est enfin calmé, Bébé a tendu les bras à Petite Maman. Avant de quitter la chambre avec Bébé, Petite Maman a juste ajouté : « Va, mon grand. Va. » Momo a poussé un long soupir, puis s'est tourné vers Pierre.

— Il faut que tu m'aides, Pierre.

— Attends, Momo. Attends.

— Non, Pierre. Il faut bouger.

— Tu dois me promettre une chose.

— On n'a pas de temps à perdre, Pierre.

— Je veux t'entendre dire que tu ne vas pas nous chier une autre dérive de vingt à trente jours si Zimba ne vient pas. Je n'ai pas les nerfs pour ça, moi. Je suis à bout.

— Elle viendra. Je le sais. C'est Bébé qui l'a vue, Pierre. Bébé. Que ce soit Zimba qu'on espère ou Zimba qu'on craint, elle viendra. Ici même. C'est Bébé qui l'a dit.

— Promets que tu ne vas pas dériver, Momo. Promets.

Moi, je trouve que c'est du parlotage. Ça ne sert à rien d'essayer de faire dire des choses à Momo. Il dit ce qu'il veut et quand il veut. Il est comme ça. Alors, je m'en suis mêlée. Je m'étais trop retenue trop longtemps.

— Penses-tu qu'on va changer Momo dans dix minutes, Pierre ? Franchement ! Réfléchis dans le sens des aiguilles. Faudrait quand même pas agir comme l'autre qui porte ton nom dans la sainte Évangile du saint Crisse. Tu ne vas quand même pas renier Momo ? Maudit batince. Déniaise.

C'est longtemps qu'il m'a regardée. Je sais qu'il avait peur de traverser cette journée-là. Je le connais, Pierre. Et je suis restée de marbre.

— Il faut tout faire pour Zimba.

— Oui.

— Tout, Pierre.

— Oui.

— Tu m'entends ?

— Oui.

— Ne rien négliger.

— Oui.

— Ne pas perdre de temps.

— Oui.

— Lève-toi et marche.

Fallait le voir sauter dans son pantalon. S'agiter. Encore dans un brouillard-trouble, Momo m'a caressé le bras gauche en me souriant. Il m'a remis une feuille et m'a dit avant d'aller pisser :

— C'est ma liste d'instructions, Mylène. Promets que tu vas les suivre à la lettre. Je t'en donne la responsabilité. Promets que tu ne vas rien oublier. Rien.

— Promis. Juré.

Puis, il est sorti de la chambre. « La journée sera remplie d'inquiétudes », qu'a dit Pierre. Il a précisé qu'a cause de la tempête et des grands vents, je pourrais m'inquiéter pour Momo et lui. Que ça mêlerait mes nerfs qui ne sauraient plus quelle direction prendre. « Je suis si inquiet pour toi et pour Momo. Je ne sais plus quoi faire. Je ne sais plus. » On a entendu la porte claquer. C'était Momo qui partait emprunter des raquettes chez les Jos-Louis. On ne voyait ni ciel ni terre. Comme on n'a pas encore perdu l'habitude de se compliquer l'existence, on arrive assez bien à nourrir nos angoisses. Même que Pierre me surpasse.

— Promets que tu ne vas pas dénerver de toute la journée.

J'ai promis. Et pour m'aider à tenir parole, il a inventé un code secret, juste pour lui et moi. C'est lui qui téléphonerait aujourd'hui pour donner des nouvelles. Pour que je ne pense pas trop à la Petite Survivance, il ne m'avertirait pas de leur arrivée à l'hôpital.

— Comme ça, tu pourras t'inquiéter pour nous. Tu vas surveiller à la télé quelle-face-qui-se-cache-dans-les-civières-des-blessés-qu'ils-ramassent-sur-la-route.

Je m'inquiétais déjà assez comme ça. Je ne voyais pas la nécessité d'en rajouter. Pierre était si fébrile. Il répétait d'ouvrir la radio souvent. De faire choquer Petite Maman pour qu'elle me gronde. Pour que Bobonne se porte à sa défense. Elle aussi, il faut lui changer les idées, qu'il disait. Il se grattait la tête, se prenait le visage à deux mains en expliquant que c'était la seule façon qu'il avait trouvée pour que Bobonne ne tombe pas dans les mals. Il soufflait des mots que je ne distinguais plus. Il disait qu'il avait tellement cherché. Tellement. Mais les idées s'embrouillent, qu'il murmurait.

— Parce que Momo va trop vite. Parce que j'ai peur que ça tourne mal pour la Petite Survivance. Parce que je m'inquiète pour Momo. Pour toi. Pour Bébé. C'est tellement triste, Mylène…

— Oui.

— Tu es sûre que tu as de quoi te changer les idées ?

— Oh oui ! C'est complet. Je t'assure.

— Je t'aime.

— Je t'aime aussi.

J'avais beau le rassurer, rien n'y faisait. Rien. Ses mots déboulaient. Ça n'arrêtait pas. Il disait que si les nouvelles de la Petite Survivance étaient mauvaises, il téléphonerait chez le Proprio. En plus, pour me garder les neurones en activité, je devrais descendre à la course parce qu'il ne laisserait pas sonner le téléphone jusqu'au bout. Il raccrocherait au beau milieu de la sonnerie. « Alors, ça va vouloir dire que la Petite Survivance est morte. » Il me disait tout ça en tournant le dos à Petite Maman pour ne pas qu'elle entende.

— Tu te tiendras après la rampe. Je ne voudrais pas que tu tombes. Promis ?

— Promis.

Ça continuait, on aurait dit qu'il dévalait une falaise sans pouvoir s'agripper. Le Proprio et sa femme ne connaissent pas le code, qu'il disait. Il m'a fait promettre de me tenir près d'eux après avoir descendu les escaliers à toute vitesse pour attendre le deuxième coup de téléphone. Pour ne pas qu'ils soient seuls, qu'il a expliqué tout essoufflé.

– C'est tout ce que j'ai pu trouver pour le réconfort du Proprio et de sa femme au cas où ça arriverait, tu comprends ? Ne t'inquiète pas pour Momo. Je m'en charge. Compte sur moi. Je m'en occupe. Tu vas voir. Tu vas voir, Mylène.

– Oui.

C'était bien plus pour lui que je m'inquiétais, mais je n'ai pas parlé. J'ai entendu Momo crier à Pierre que les raquettes commençaient à s'impatienter. Dehors, la neige avait rempli tous les chemins et ça s'annonçait périlleux. Avant que Pierre me quitte, j'ai vérifié deux fois plutôt qu'une s'il s'était bien emmitouflé la gorge. Comme il devait chanter à un service le lendemain, des précautions s'imposaient. Il faut quand même garder les pieds sur terre.

– Tu as ta réserve de pastilles, Pierre ?

– Petite Maman m'en a offert cinq boîtes. J'ai aussi ma brosse à dents. C'est beaucoup de sucre, cinq boîtes. Il faut prévenir les caries.

Pauvre Pierre ! Il a des dentiers plein la bouche. Comme si ça s'oubliait ! Je les ai suivis longtemps des yeux et de dos. Plus ils s'éloignaient et plus je les aimais. À les voir braver la poudrerie, à voir la neige effacer leurs traces, j'ai eu mal. Ils avaient l'air de deux fantômes gris sur fond blanc. Ça m'a pris un certain temps à me ressaisir. J'avais le cœur dans l'eau. Je n'arrêtais pas de ravaler. C'était trop d'eau. Beaucoup trop d'eau. Assez pour entendre la Petite Survivance se noyer. Je ne sais pas combien de fois je me suis secoué la tête pour effacer cette image-là. Je ne sais pas.

∿

Curieux comme les choses arrivent parfois. Je me souviens d'avoir pleuré longtemps. Je me souviens de Bébé qui croquait un petit morceau de fromage blanc dans les bras de Petite Maman. Je me souviens du silence. Du gros sac brun d'épicerie près du lit à baldaquin dans le salon. De la cruauté du vent qui frappait. De la force qui montait en moi.

Je me souviens d'avoir fermé la télé et la radio. De m'être dit à ce moment précis que je refusais de brasser l'air. Que j'avais besoin de silence pour aimer encore la Petite Survivance, pour l'aider à traverser de l'autre bord de la vie. Je me souviens de m'être demandé si Petite Maman m'avait entendue penser quand elle a dit :

– Des fois, on ne peut plus faire tourner le vent, ma belle. Il faut s'incliner. Surtout quand il frappe comme un déchaîné. On a mal. C'est tout. On est inquiet. C'est tout. On a peur. C'est tout.

Les mots « ma belle » dans la voix de Petite Maman me donnent tant de réconfort. Ça fait presque mal tellement c'est bon. Ça ressemble au bonheur, à tout ce qu'on voudrait faire pour pouvoir le garder encore quand on sait qu'un gros morceau de mur se prépare à lui tomber dessus. Ça ressemble à Momo, à Pierre, à Bébé, à papa-courant-d'air, à maman défuntisée. Ça ressemble à l'amour.

J'ai consulté la liste de Momo et j'ai procédé. Je n'ai négligé aucun détail. D'abord, j'ai demandé aux Jos-Louis et à M. Oesfort de bien taper la neige sur la galerie. Je les ai même aidés. Plus on tapait, plus il en tombait et plus le vent en charriait. C'était un travail sans fin. « On en viendra quand même à bout », qu'ont dit les Jos-Louis.

Quand on a eu fini, M. Oesfort, les Jos-Louis et moi, on a pris chacun notre direction. Il nous fallait frapper aux portes du quartier pour emprunter des lumières de Noël. On faisait chacun notre rue. Il suffisait de dire qu'on voulait éclairer notre galerie pour aider Zimba à nous trouver et tout le monde collaborait. « Toutes les lumières doivent provenir de notre quartier. » C'était souligné sur la feuille d'instructions de Momo. Et juste en bas de cette note, il me demandait d'insister auprès d'un Jos-Louis pour qu'il nous donne ses deux feux d'artifice. D'habitude, quand on leur parle de ça, la chicane pogne. Comme c'est un souvenir de l'ex de Jos, Louis fait des scènes. Il n'aime pas qu'on lui rappelle que Jos a déjà vécu avec un autre. Mais pas cette fois. « On donne tout. Si c'est pour Zimba, on donne tout. » C'est ça qu'ils ont dit.

Il devait être deux heures quand on est revenus au bloc avec quinze personnes pour procéder à l'installation des lumières sur la rampe de la galerie. Des lumières, on en avait pour fournir un quartier tout entier. On les a toutes installées. Toutes. Sans exception. Même dans les barreaux des escaliers.

Une fois que le ciel en a eu assez de baver sur nous, la neige a cessé de tomber et on a repris la corvée tous ensemble. On devait la taper pour la faire durcir avant qu'on arrose pour figer le tout.

Fallait entendre le bruit des pelles porter l'amour à la Petite Survivance. Fallait l'entendre. Je ne sais pas décrire. Mais ce travail-là, on aurait dit qu'il consolait notre impuissance. Ça oui. Ça nous consolait. Il pense à tout, Momo. À tout.

Aux alentours de quatre heures, on est tous entrés se reposer. Petite Maman disait non de la tête en nous servant un bon café chaud et des biscuits à la mélasse. Bobonne berçait Bébé. Juste à voir ses yeux gonflés et rougis, j'ai compris qu'elle se désespérait elle aussi.

J'ai compris que l'impuissance l'habitait.

Je me souviens que j'ai entendu le téléphone sonner chez le Proprio. Je me souviens que je n'ai pas bougé. Que j'ai pensé que Pierre, tout comme moi, s'était enfin calmé les nerfs. Un genre de calme plat, celui-là même que la mort réclame. Je le savais.

J'entends encore le vacarme de ce silence-là. Les pas. Les pas du Proprio dans l'escalier. Sa voix. Venue d'ailleurs. De loin. Comme si ses lèvres articulaient des sons qui n'étaient pas encore à lui. « Elle a vu de grands oiseaux blancs. Immenses. Elle veut vous voir tous. Elle prête sa civière à Bobonne. Elle a dit ça. »

LES PAS. Les pas. Les pas encore.

Puis.

Rien.

Puis.

Les portes de leur voiture.

Le bruit du moteur.

Et.

Rien.

Je me souviens du taxi jaune et noir qui nous a tous avalés. Il avait trois rangées. Comme quand on joue au théâtre et que tout est arrangé d'avance, Bobonne en avant, les Jos-Louis et M. Oesfort au centre, Petite Maman et son gros sac avec Bébé et moi en arrière. À mes côtés, la civière qui venait de passer aux mains de Bobonne. Et puis, le ronronnement du moteur. Puis.

La peur.

Le silence.

Je n'écrirai pas le reste dans mon cahier. Je dirai juste qu'après on est revenus à pied. En rangs. Comme l'avaient demandé le Proprio et sa femme.

Le papa et la maman de la Petite Survivance ouvraient la marche. Juste derrière eux, Momo et Pierre. Encore derrière, Bébé et moi. Derrière encore, Bobonne dans la civière d'infortune et M. Oesfort qui poussait. Encore derrière : Jonathan qui, pour la première fois à mes yeux, se détachait de Louis pour reprendre son nom tant il m'a semblé grand et beau. Puis, Louis et Petite Maman. Un peu plus loin, le docteur Très-Hauts-Talons fermait les rangs. Elle avait demandé au Proprio et à sa femme la permission de se joindre à nous.

On n'entendait plus que Nana Mouskouri chanter l'*Ave Maria* de Schubert. Fort. Un chant sacré. Petite Maman serrait tout contre elle son enregistreuse bien cachée dans un sac comme on tient un Bébé qui risque de nous glisser des bras.

Je dirai que, la voix dans les larmes, Pierre a rejoint le chant. Que Momo et moi, on l'a soutenu du meilleur de notre force pour que les paroles parviennent à sortir de l'eau. Et quand sa voix a enterré celle de Nana, c'était comme si la Petite Survivance nous souriait sur ses grands oiseaux blancs. C'était comme si je l'avais entendue nous dire qu'elle protégeait Bébé dans son cœur. Pour toujours. À jamais.

Et j'ai su que Zimba viendrait au bloc pour la consolation.

Je dirai aussi qu'on pouvait voir de loin, de très loin, les lumières multicolores sur la galerie. Plus on avançait, plus on en voyait. Et des gens ! Tous ceux qui avaient continué le travail après notre départ en taxi. Et le reflet des lumières sur la glace. Le reflet.

Des lumières, il y en avait tout autour du bloc. Et des ballons aussi. Des centaines de ballons. La remise avait le ventre vide.

Je dirai qu'au-dessus du bloc on pouvait voir un sapin illuminé. Tout était en place. Tout. Il ne manquait rien.

Et je dirai que le Proprio et sa femme ont lancé les feux d'artifice.

Et

comme l'avait demandé la Petite Survivance

je dirai que dans les bras du Proprio, Bébé a lancé le premier ballon.

Ensuite

Le papa de la Petite Survivance
La maman de la Petite Survivance
Pierre
Momo
Moi
Bobonne
M. Oesfort
Jonathan
Louis
Petite Maman
Le docteur Très-Hauts-Talons

Et les autres
Les autres encore

Encore les autres

Le reste, je n'en parlerai pas. Je dirai juste qu'on a vu dix ballons s'accrocher à Cloclo, le petit chien-nuage qui sautait sur place. Je dirai aussi qu'une étoile perçait le ciel à ses côtés.

Quand on n'a plus vu Cloclo et nos ballons

on est tous rentrés chacun chez soi.

Et
pour mon coffret d'images que j'aurai besoin d'ouvrir quand il va faire triste dans mon souvenir, j'écris ici

que quelques jours après
Momo m'offrait le plus beau des cadeaux.

Un dessin immense. Je dis immense.

     De Lui   De Pierre
          De Moi
     De Bébé   De la Petite Survivance

À la sanguine et au fusain

     En arrière-plan
       Bobonne, M. Oesfort, les Jos-Louis, Petite Maman

À la sanguine et au fusain

Et plus loin encore
          Le Proprio et sa femme

Au fusain et au fusain.

Et

sur un petit bout de papier que je colle dans mon cahier
le nom que la Petite Survivance a choisi pour Bébé.

Pierre, Momo et moi, on le garde secret pour l'instant. Ce nom-là, c'est lui qui protégera toujours Bébé. Toujours.

J'arrête ici mon cahier.

Point.